JN118167

災厄令嬢の不条理な事情

婚約者に私以外のお相手がいると聞いてしまったのですが！

中 村 朱 里

S Y U R I N A K A M U R A

一迅社文庫アイリス

CONTENTS

リヒト
ストレリチアス家のただ一人の使用人。老若男女問わず、人気を誇る美貌の持ち主。自称頭脳労働派なため、肉体労働には消極的。
マリオン
ストレリチアス聖爵家の令嬢。いつも不運に見舞われるものの、不運にめげない屈強な精神と災難に備える武力を身につけている。秘匿されているが、現在、王太子と婚約中。
ウカ
マリオンに懐いた子狐。マリオンに家族として扱われている。

シラノ
ストレリチアス聖爵家の当主。
マリオンの叔父。

アレクセイ
レジナ・チェリ国の王太子。
マリオンと婚約関係にある青年。

ファラ
アレクセイとの仲を噂されている
男爵令嬢。

災厄令嬢の不条理な事情
婚約者に私以外の
お相手がいると
聞いてしまったのですが！

Characters

用語説明

七人の罪源
かつて王国を支配していた七人の悪しき魔法使い。現在は封印の魔術により、獣の姿に堕とされていると言い伝えられている。

七大聖爵家
七人の罪源を封印した、七つの元侯爵家の現在の称号。封印した代償に、七人の罪源から呪われ、常に不運や災禍に見舞われている。
短命であることが多く、六つの家は断絶している。

ストレリチアス家
≪寛容≫を司る七大聖爵家の一つ。一族の者は総じて心が広いため、騙されやすい。労働こそを美徳としている。

イラストレーション◆鳥飼やすゆき

The misfortune follows the Unlucky lady.

災厄令嬢の不条理な事情　婚約者に私以外のお相手がいると聞いてしまったのですが！

序章　止められたって止まりません

旅立ちの日は来たれり。

愛用のパラソルを片手に、マリオン・ストレリチアスは一つ大きな深呼吸をした。

「なんて気持ちのいい朝なのかしら」

昨日までの大雨が嘘《うそ》のような、どこまでも澄み切った青い空だ。三日前の、マリオンの十八歳の誕生日当日において、このストレリチアス領はとんでもない春の嵐に見舞われた。レジナ・チェリ国において成人と認められる記念すべき日だというのにこんな天気だなんて、と落ち込んだことは記憶に新しい。

遅れ馳《ば》せながらにして世界がマリオンのことを一人前のレディとして認めてくれた気がして、なんだか嬉《うれ》しくなる。昔から何かしらイベントがある日は大抵《たいてい》雨や雪や嵐や台風などの悪天候に見舞われていたマリオンにとっては、実に珍しい天候であると言えた。

どうやら今回ばかりは天も味方してくれているらしいと思うと、自然と笑みがこぼれる。そういえば、昔から酷《ひど》い癖っ毛でマリオンのことを散々悩ませてくれてきた、長く波打つ鈍色《にびいろ》の髪も、今日はなんとなくいつもよりも収まりがいい気がする。特別整った容姿ではなく、唯一特徴らしい特徴として挙げられる珍しい銀灰色《ぎんかいしょく》の瞳を期待に輝かせながら、マリオンはこの旅立ちの見送りに出てきてくれた叔父《おじ》に向き直った。

「それでは叔父様。いってまいります。畑のこと、よろしくお願いしますね」

「あ、ああ。頼むからマリィ、無茶だけはしないでおくれ」

「心配なんてご無用ですのに」

マリオンの今は亡き父の弟であり、現ストレリチアス家当主である叔父、シラノ・ストレリチアスは、心配のあまり真《ま》っ青《さお》を通り越して真っ白になっている。マリオンと同じ鈍色の髪はどことなく乱れ、銀灰色の瞳には憂慮の光がにじむ。地味ながらもそれなりに整っている容姿の叔父の、そんな姿を見るのは心が痛んだ。だがだからと言って旅立つのをやめる気なんて毛頭ない。

そもそも、むしろマリオンとしては自分の身よりも残していく叔父の方がよっぽど心配だ。なにせ、マリオンの愛すべき叔父は、頭は悪くないというか、むしろ賢い部類に入る御仁《ごじん》なのだが、とにもかくにも人がよすぎるのだ。明日の食事に困ることになっても人を助けようとしてしまう精神は、確かに素晴らしいものだと思うし、そんな叔父だからこそ心から慕っているのだが、それはそれとして、困るものは困るのである。悲しいことにお金は有限なのだ。

領民からいくら税を取り立てても、そのほとんどを寄付や慈善事業に費やし、ほぼほぼ手元に金銭を残さない。たとえ残ったとしても、タチの悪い詐欺《さぎ》やペテンにすぐだまされ、あっという間に何もかも奪われてしまう。

《寛容》の聖爵位を冠する通り、ストレリチアス家に連なる者は総じて心が広いとされるが、その中でもシラノのそれは群を抜いている。おかげでいつだってストレリチアス家の財政は火の車だ。

そんな叔父を一人残していくことを思うと胃がキリキリと痛む。だが、マリオンの心境などちっとも気付かずに、彼はぎこちなく笑うのだ。

「心配はいくらしてもしすぎるものではないよ。リヒト、どうか、どうかマリィを頼む」

「心得ました」

ここで突風でも吹いたら吹き飛ばされてしまうのでは、とすら思えるような儚《はかな》さを身にまとってシラノはマリオンの背後に控《ひか》える、唯一の使用人である青年に頭を下げた。一介《いっかい》の使用人に対する貴族の家長の態度ではないのだが、これでこそシラノ・ストレリチアスである。頭を下げられた青年――リヒトと名乗る青年も、マリオンと自身の着替えなどが入ったトランク一つを片手に、慣れた様子で粛々《しゅくしゅく》と一礼してみせる。

ただ頭を下げてみせるだけのその仕草すら、今日も今日とて、彼は美しかった。背の中ほどまで伸ばされた長い髪は見事な金糸。溶かした黄金と蜂蜜を混ぜ合わせたかのような色濃い金髪は、うなじで一つにまとめられ、背に流されている。マリオンがどれだけ羨《うらや》んでも手に入れられない、まっすぐな、日の光よりももっと眩《まぶ》しい髪。

そして同じ色を宿す瞳は嫌味なくらいに長い睫毛《まつげ》に縁取られ、降り注ぐ陽光により、肌の上に影を落としている。通った鼻梁《びりょう》と、淡く色づく薄い唇。いっそぞっとするほど美しいかんばせに浮かべられた微笑は、ご近所さんの間では老若男女《ろうにゃくなんにょ》を問わずに大人気であることをマリオンはよーく知っている。

マリオンよりも少なくとも頭一つ分は高い背丈は、しゃんと伸ばされた背筋のせいか、余計に高く見えるのがなんとも小憎たらしい。身に着けているのは最低限の使用人としてのお仕着せの正装だというのに、王侯貴族かとすら見紛《みまが》う着こなしぶりなのがこれまたさらに小憎たらしいを通り越していっそ憎たらしい。

とはいえ、老若男女が揃《そろ》って見惚《みと》れてしまうと定評のある美貌を前にしても、マリオンもシラノも平然としたものだ。四年もの付き合いなのだからいい加減慣れもする。

リヒトのいつも通りの態度に、ようやく多少安心したのか、ほうとシラノは小さく息を吐いてから、再びマリオンへと視線を戻《もど》した。

「マリオン。これを持っていきなさい」

「え？　あ、こ、これって!?」

シラノが首にかけて服の下に隠していたそれを、その鎖を引っ張り上げて外し、マリオンへと差し出した。マリオンの銀灰色の瞳が大きく見開かれる。

あまたの光がゆらめき、混ざり合い、色を遊ばせる大粒のオパールのペンダント。

それはストレリチアス家に代々伝わる、唯一にして無二の家宝だ。いつかシラノがうっかり手放してしまうのではないかと気が気でなかったそのペンダントが、今、目の前にある。

マリオンとリヒトの不在中、どうなってしまうことかと不安材料の一つでもあったそれを差し出され、反射的に受け取ってしまったマリオンは、慌《あわ》てたように叔父の顔を見上げた。

ストレリチアス家現当主たるシラノは、穏やかに頷《うなず》いて、自分を見つめ返してくる。

「きっとお前のことを守ってくれる。ついていってやれない私の代わりだと思って、大切にしてくれないだろうか」

あたたかな言葉に、じんと胸が熱くなる。ぎゅっとペンダントを握り締め、マリオンは深く頷いた。

「ありがとうございます、叔父様。このペンダントとともに、朗報を持って必ず帰ってまいります……って、リヒト？」

背後から伸びた白い手が、さっとマリオンの手からペンダントを奪い取っていった。肩越しに振り返って訝《いぶか》しげに首を傾《かし》げると、リヒトが「はい？」と首を傾げ返してくる。

反射神経も気配察知能力も人並外れて飛び抜けている自覚のあるマリオンからたやすくペンダントを奪っていったリヒトに、瞳を瞬《またた》かせる。

「ほら、おひぃさま。動かないでください」

十八歳になったというのに未《いま》だに幼子に対するような呼び方をしてくる彼に思うところがないわけではない。けれど、それでも有無を言わせない響きを宿した声音に逆らう気にもなれず、大人《おとな》しくマリオンはぴしっと姿勢を正して固まってみせる。そんなマリオンに、彼は、微笑《ほほえ》みとともに両手を後ろからマリオンの首に回し、その胸にペンダントを飾らせた。

どうやらわざわざペンダントをつけてくれるらしい。自分でできるのに、と思えども、なにやら先程以上にもっと有無を言わせてくれない圧力を感じて、やはり大人しくマリオンは沈黙を選んだ。そしてしゃらりと軽やかな音を立てて鎖がマリオンの首にかけられ、大粒のオパールがゆらりと輝く。うんうん、と嬉しそうにシラノが頷いた。

「よく似合っているよ」

「ありがとうございます。リヒトも、つけてくれてありがとう」

「当然のことをしたまでです。それではおひぃさま、そろそろ」

「ええ。では、今度こそ叔父様、いって」

まいります、と続けようとしたその瞬間、マリオンは動いた。叔父を玄関の中へと突き飛ばし、自らは片手に持っていたパラソルを開いて、ついでとばかりにその下にリヒトも引きずり込む。そして数秒後、王都までの道中において、途中まで自分達を運んでくれるよう手配していた馬車が、半《なか》ば暴走しながらストレリチアス邸の玄関前に到着した。

興奮する馬、慌てふためく御者。昨日までの春の嵐でぬかるんだ道の泥が、ばしゃーん！

と宙に散った。幸いなことに寸前でパラソルを構えたおかげで事なきを得て、ほっと息を吐く。

リヒトがしみじみと呟《つぶや》いた。

「前途多難ですね」

「うるっさいわね！」

ああ、せめてこの旅立ちくらいは平和であってほしかったのに。そう思ってもそうはいかないのがマリオンがマリオン・ストレリチアスたるゆえんだった。

彼女こそ、誰が呼んだか『災厄令嬢』。陰に日向《ひなた》に人々にささやかれるその不名誉な異名に、何度涙を飲んだことだろう。それもこれもすべてマリオンがストレリチアス家に生まれついたことに起因する。

「先が思いやられるわ……」

「ではやめますか？」

「やめるわけないでしょう！　冗談じゃなくてよ！」

マリオンは誰に何と言われようとも、絶対に王都に旅立たなくてはならない。そして、確かめたいことがあるのだ。ここであっさり諦《あきら》めるようなら、最初から旅立とうなんて思ってなんかいない。そんな気持ちを込めて睨《にら》み付けると、リヒトは肩を竦《すく》めて一言「さようで」と小さく吐き捨ててくれた。つくづく失礼な使用人である。

かくして、そんな彼をともにして、マリオンの王都に向けた旅が始まったのであった。

第1章　だってすべてはこの恋のため

鋭く細く折り畳まれたパラソルが、情け容赦《ようしゃ》なく空気を切り裂く。めしり、と腹にめり込んだパラソルに、ぎゃっ！　と野太い悲鳴が上がり、そのまま男は前のめりに膝《ひざ》をつく。

しかしこれで終わりだと思われたら困る。マリオンは足を振り上げ、俯《うつむ》き呻《うめ》く男の後頭部に自身の踵《かかと》を叩《たた》き落とした。

今度こそ悲鳴すら上げられずに完全に昏倒《こんとう》する男を踏みつけて、ふう、と長い鈍色《にびいろ》の癖毛を払ってから、ようやく構えをとく。

「口ほどにもないわ」

マリオンを中心にして、まさに死屍累々《ししるいるい》と呼ぶにふさわしい光景が広がっていた。地面に転がるのは、皆それなりに屈強な体つきの男達だ。全員が武器を取り落とし、そのほとんどが意識がない。かろうじて意識が残っている者もいるが、マリオンのパラソルで与えられたダメージから回復できずにただ痛みにもだえている。

彼らは皆、この辺一帯を根城としている野盗の一派であるらしい。人里離れた山道をえっちらおっちらとたった二人で歩むマリオンとリヒトを狙って襲ってきたのだ。

領地における貴族令嬢としてのドレス姿ではなく、シンプルなワンピースと古馴染《なじ》みのドワーフの手による丈夫なブーツという恰好《かっこう》のマリオンと、いつも通りの使用人としてのお仕着せの正装を身にまとうリヒト。コンセプトとしては裕福な商家のお嬢さんとその従者。

道中の危険を鑑《かんが》みたからこその衣装だったのだが、あまり意味はなかったかもしれないと遅れ馳《ば》せながらにしてマリオンは思った。ドレスよりもよほど動きやすいため、よかったと言えばよかったのだろうか。結果として、こうして野盗に襲われることとなり、彼らを全員あっさりさっぱり大した時間もかけずに討伐することができたのだから。

――マリオンとリヒトがストレリチアス領を発《た》ってから、既《すで》に五日経過している。

手配していた馬車が暴走しながら屋敷に到着した時点で嫌な予感はしていた。

なんとか馬を落ち着かせて馬車に乗り込んだまではよかった。だが、当初次の町に到着するまでは利用できるはずだったその馬車から、暴走の疲れが出た馬が脱落することにより、下車することを余儀なくされたのが最初。

なんとか徒歩で次の町に辿《たど》り着き、幸いなことに一泊できたものの、次に用意された馬車は出発するなり町のゴロツキに襲われ、マリオン自ら撃退したが馬も御者も大層怯《おび》えるために降りることをやはり余儀なくされ、結果徒歩となり。

そして次の町に辿り着き、いざ宿を、と思ったら、物乞《ご》いの子供に「妹が腹を空《す》かせて待ってるんだ」とすがられ、ついつい半分ほど路銀を譲ってしまい。

雀《すずめ》の涙ほどになった路銀では宿に泊まるどころか馬車を利用することもできず、徒歩と野宿の繰り返しとなり、ひとけのないこういう山道や森の中ではたびたび野盗に襲われて。

「これじゃ、いつになったら王都に辿り着けるのか解《わか》ったものじゃないわ……って、なにかしらリヒト。言いたいことがあるなら言ってくれる？」

ほう、とそれはそれは物憂げな溜息《ためいき》をこれみよがしに吐き出してみせたリヒトをじろりと睨《にら》み付ける。だがマリオンのじっとりとした視線に臆することもなく。彼はその美貌にいかにも殊《しゅ》勝《しょう》な色を乗せて、「だから申し上げたではないですか」と口火を切った。

「最初からこんな旅になんて出なければよかったんですよ。あんな手紙一通に踊らされて、馬鹿馬鹿しいと思いませんか？」

「殿下からの手紙を馬鹿にしないでちょうだい！」

悲鳴のようなマリオンの反論に、リヒトは整った眉の片方だけを器用につり上げた。小馬鹿にしてくるような態度が腹立たしいが、それでもこれだけは譲れない。

「私の愛《いと》しの婚約者、アレクセイ・ローゼス王太子殿下からのお招きよ？　断るはずがないでしょう」

そう。この王都への旅のすべての始まりは、一通の手紙だった。

マリオンの十八歳の誕生日当日、ストレリチアス家に届いた一通の手紙。王都から寄越されたその手紙の差出人は、アレクセイ・ローゼス。それは、このレジナ・チェリ国の第一王子にして、王太子たるお人の尊きお名前である。

マリオンは今でもはっきりと覚えている。彼に出会ったあの日のことを。八歳になったばかりの、あたたかな春の日だった。

お忍びで国王陛下と王妃殿下とともにストレリチアス領にやってきた、マリオンよりも一つだけ年上の少年。触れれば溶けてしまうのではないかと思わせるようなごくごく淡い金の髪の、とても素敵な男の子だった。

初めて引き合わされたあの日、マリオンは、彼こそが大好きな絵物語に出てくる、『金色の王子様』だと思ったものだ。

そしてその場で、マリオンとアレクセイの婚約は結ばれた。それは双方の身の安全のために秘密裏《り》にまとめられた内々のものであり、現在でも実情を知る者はごくごく限られていると聞かされている。その婚約を大々的に公表するために、王都に来るように。要約すればそんな内容の手紙が、マリオンの十八歳の誕生日に届けられたのだ。

「おひぃさまはそう仰《おっしゃ》いますが。〝あの噂《うわさ》〟だって、ご存知でいらっしゃるくせに、よくそんなことが言えたものですね」

心底感心したと言わんばかりに、ついでに嫌味もたっぷり込めて告げられた台詞《せりふ》に、ぐぬっとマリオンは言葉に詰まった。リヒトの言う〝あの噂〟が何なのか解らないほど、マリオンは鈍《にぶ》くはない。

王都から遠く離れたド田舎《いなか》であるストレリチアス領にまで届くその噂の内容。それは。

――王太子殿下は、とある男爵令嬢にご執心。

初めてその噂を耳にしたとき、マリオンは洗い立ての洗濯物が入ったかごを水たまりの中に取り落としてしまった。麗《うるわ》しの王太子殿下と、愛らしい男爵令嬢の、身分違いの秘密の恋とやらは、王都でもっぱらの噂らしい。

「……だから、余計に、王都に行かなくちゃいけないのよ」

その真偽を、確かめるために。まるで負け惜しみのようにそう呟《つぶや》くと、リヒトはストレリチアス邸を旅立った日と同じように、「さようで」と肩を竦《すく》めてみせた。

なんだかとても悔しくなったけれど、それを表に出すのはもっと悔しくて、マリオンはフンッと顔を背《そむ》けて、意識を取り戻《もど》しつつある野盗の頭に踵を落として再び地に沈めた。

そもそも、こうして野盗に襲われるのは、別に初めてのことではない。襲われるたびにマリオンがパラソルをぶん回し、叩きのめしているおかげで、事なきを得ているだけなのだ。この王都までの旅路の唯一の連れであるリヒトは、その間、何をしていたかというと。

「それで？　目ぼしいものはあった？」

「まあまあですね。金子《きんす》はそれなり、こっちのナイフ二本と剣一振りもまあ鍛冶屋《かじや》に持っていけば少しは足しになるでしょう。他のは持っていっても重いだけです。割に合いません」

と、まあこういった具合に、倒れ伏す輩《やから》の身ぐるみを剥《は》いで金目のものを物色しているのである。これではどちらが野盗なのか解らない。だが、最初に襲ってきたのは相手なのだから、文句を言われる筋合いはないとマリオンは思っている。

「シケてますね」

最初からさして期待していなかったらしいリヒトは淡々と呟いて、マリオンに選別した金銭と武器のたぐいを示してくる。生憎《あいにく》マリオンには直接の金銭以外の物品の価値はいまいちよく解らないが、リヒトが〝シケている〟というからにはそうなのだろう。

「ならお金を半分と、ナイフ一本をいただきましょう」

マリオンだって鬼ではない。いくら相手が野盗とはいえ、叩きのめした末にすべてを奪うのは気が引ける。だからこそ今までの道中も基本的に半分だけ頂戴《ちょうだい》する程度に留《とど》めてきたのだが、リヒトとしてはどうにもそれが面白くないらしい。案の定、彼は整った眉をひそめた。腰にさげている、道中必要な小物が数多く詰まった鞄《かばん》に金銭をしまいながら、優雅に、かつこれみよがしに、大きな溜息を吐いてみせる。

「何度でも申し上げますけれど、どうせこのあと騎士団に突き出すのなら、全部奪ってしまったって同じことだと思いますよ」

「文句があるならあなたも戦えばいいじゃない。あなたが倒した相手の分は、あなたの好きにすればいいわ」

毎回毎回襲われるたびにマリオンにすべてを押し付けて、自分はちっとも戦おうとしないリヒトには言われたくない。

当初こそ「一体何のためにあなたは私と一緒に来たのよ!?」と悲鳴を上げたものだ。しかしここまで野盗だのおいはぎだのチンピラだのゴロツキだのの襲撃がたび重なり、そのたびに一人で彼らにお帰り願い続けた末に、マリオンは悟った。この使用人には、期待するだけ無駄《むだ》であると。頼れるのは己《おの》が身体《からだ》のみであると。思えばここまで襲撃されるのも、おそらく、というか確実に、《寛容》の聖爵家たるストレリチアスの血の因果だ。

そも、ストレリチアス家が関する〝聖爵〟という地位とは何たるか。それはこのレジナ・チェリ国の古い歴史を紐解《ひもと》くことになる。

聖爵とは、かつて王国を支配していた七人の悪《あ》しき魔法使いを討伐した元侯爵家の現称号だ。七人の悪しき魔法使い——《七人の罪源》と呼ばれた彼らは、このレジナ・チェリ国において、王族を排し、圧政を敷いた。民の救いを求める声は日に日に高くなり、その声に応えたのが、当時の七つの侯爵家だった。

激しい戦いの末に、《七人の罪源》は、名高い魔法使いでもあった侯爵家の封印の魔術により、獣の姿に堕《お》とされ、王国を追われることとなった。しかしその代償に、侯爵家は七家が揃《そろ》いも揃って、持ち合わせていた魔力を失った上、《罪源》達からの呪いを受け、常々不運や災禍《さいか》に見舞われる只人《ただびと》以下の身の上となり、その血に連なる者の多くが短命のさだめを背負うこととなったのだ。

そのため、救国の英雄であるはずの侯爵家は、七家すべてが、王国の政治における重要な地位に立つことは叶《かな》わなくなる。しかし再びレジナ・チェリ国の頂点に頂かれた王族により、七つの侯爵家は、《七大聖爵》という地位に封《ほう》じられた。それぞれ領地を与えられ、王族からの永久なる保障を約束されたのである。

とはいえ七大聖爵家に与えられた領地は皆、王都から遠く離れたド田舎だ。わざわざ『婚姻』という貴族にとって重要な政治戦略を使うほどの価値がある土地ではない。だからこそ余計に七大聖爵家は衰退したのだろうとマリオンは思っている。

今となっては、聖爵家はストレリチアス家のみだ。残りの六家は皆、《罪源》達の呪いの成果か、はたまたそれこそが神とやらに定められた運命だったのか、マリオンが生まれた時点で、既に絶えていた。

詳《くわ》しい事情はよく知らないが、とりあえず解っていることは、《罪源》達からの血にまつわる呪いにより、そもそも昔から七大聖爵家と婚姻を結びたがる存在が少なかったらしいということだ。そのため、七大聖爵家は家同士で婚姻を結ぶことがとても多かった。実際、マリオンの母は《謙虚》、祖母は《純潔》の聖爵家の生まれである。もっと遡《さかのぼ》ってみても、ストレリチアス家当主と婚姻を結んだ者は皆、総じていずれかの聖爵家の生まれだ。
結果、聖爵の血は世代を経《へ》るごとにより濃く、より強くなり、それに伴い親類縁者の数は減り、最終的に《寛容》の聖爵たるストレリチアス家以外の六家は断絶してしまった、ということらしい。マリオンとアレクセイの婚約も、当時既に唯一となっていた聖爵家であるストレリチアス家を守るため、王家が七大聖爵家に約束していた〝保障〟をほどこすためでしかなかったと言えるだろう。

かつての救国の英雄の末路にしてはあまりにも寂しすぎるというべきか、情けなさすぎるというべきか。ン百年越しに、《罪源》達の呪いが達成されつつあるということなのかもしれない。

そういうわけなのだから、この旅路のあれやそれやも想定の範囲内であったとは言える。リヒトについては、巻き込んでしまって申し訳ないとは思う。だが、それにしてもこんなにも手伝ってくれないとは思わなかったというのがマリオンの本音だ。

「これも繰り返しになりますが、あくまでも僕は頭脳労働派ですので。それにおひぃさまでしたら、この程度の相手なんて僕の手助けなどいらないでしょう」

「本当に、ああ言えばこう言うこと……」

いっそ感心してしまう。半目になるマリオンに、リヒトはいつものように「お褒《ほ》めに与《あずか》り光栄です」と優美に笑う。褒めてないわよ、と溜息混じりに吐き捨てることしかできなかった。

結局、リヒトがこういう調子なものだから、マリオンは巻き込んでしまったことを謝ることもできなければ、それでもなお彼が付き合ってくれていることにお礼を言うこともできず、かわいくないことを言うことしかできないのだ。この青年のそういうところを、マリオンはいつだって小憎たらしく思うし、同時にありがたくも思えるのである。

「……まあ、いいわ。今更《いまさら》だもの。とりあえずこいつらを全員縛り上げてちょうだい。もうすぐ町だわ。騎士団に報告して、賞金をいただくわよ！」

「承知いたしました、おひぃさま」

既に山頂は通り越し、宿場町を見下ろせる場所にいる。てきぱきと野盗を縛り上げるリヒトの姿に、マリオンは、今夜こそまともな食事とあたたかく柔らかなベッドにありつけるであろうことに、ほっと胸を撫《な》で下ろすのだった。

――と、そう、確かに胸を撫で下ろしたのだったが。

「一部屋しか空いていない!?」

「そうなんだよ。すみませんねぇ」

ようやく辿り着いた宿場町。

騎士団の窓口にて、野盗に襲われたこと、そしてそいつらを縛り上げて山に放置してきたことを報告し、騎士団員がその事実を確認でき次第賞金を支払ってもらえるという契約をしっかりばっちり取り付けた頃には、既に太陽は沈み、空には夜の帳《とばり》が落ちていた。

ちょうどストレリチアス領と王都の中間地点となる宿場町は、春の陽気に誘われた人々でごった返していた。その中で、野盗から奪った金子を手に、宿探しを始めたのは数時間前のこと。

運悪くどの宿も先客で満員御礼、ようやく見つけた場末の古びた宿で突き付けられた〝残り一室〟という言葉に、マリオンはその場に崩れ落ちた。がっくりと床に膝をつき、頭を抱えながら「そんなぁ」と情けない声を上げるマリオンの肩を、ぽん、とリヒトの白い手が軽く叩く。

「いいじゃないですか、おひぃさま。僕と同室で」

「いいわけないじゃない！」

「この期《ご》に及んでまだそんなことを言っているんですか？　もう諦《あきら》めたらいかがです？　一部屋分の宿泊料が浮くんですよ？」

「ううううう……っ！」

『宿泊料』という言葉に、ぐらりと自制心がゆらぐのを感じた。マリオンとリヒトが宿においてわざわざ一人ずつ部屋を取るよりも、二人揃って同室になった方が明らかにお得だ。だが。

「だ、だめよ！　私を信用してくださる殿下を裏切るような真似はできないわ！」

いくら未《いま》だに公表されていないとはいえ、自分はアレクセイのれっきとした婚約者であり、未婚の淑女なのである。相手が使用人であるとはいっても、異性と同じ部屋で一晩をすごすなんて真似ができるはずがない。

　ここまでの道中、野宿で散々同じ夜をすごしたのに？　そう視線で問いかけてくる濃金の瞳を、銀灰色《ぎんかいしょく》の瞳で睨み返して、マリオンはばっと立ち上がった。

　お金が大切なことは解っているが、お金では取り返せない大切なものだってあることもまた理解しているつもりである。王太子殿下の婚約者が使用人と不義密通、などという噂がのちのち出回らないようにするために、今までマリオンはリヒトに何を言われようとも、必ず二部屋を取るように努めてきた。とうとうその宿屋に関する運も使い果たし、今まさに災厄に見舞われようとしているが、その災厄は、回避しようと思えばできる災厄だろう。

「リヒト。あなたがベッドを使いなさい」

「おや。いよいよお覚悟を？」

「ええ。私は今夜も野宿するから、荷物をお願い。明日の朝、ここで落ち合いましょう」

「……はア？」

　マリオンの命令に喜色を浮かべたかと思われた輝ける美貌が、一転してとんでもなく凶悪なものになった。飛び抜けて美しい造作だからこそ余計に恐ろしくてならないその顔を真正面から見てしまった宿屋の主人が、ヒッ!!　と声にならない悲鳴を上げる。

　何を言ってやがるこの女、とでも言いたげな、主人に対する使用人のものとは思えない表情で見下ろしてくる大変失礼な青年の顔を見上げて、マリオンは首を傾けた。何を怒っているのだろう。心配しなくても、ちゃんと宿代は自分が出すのに。

「リヒト？」

「…………解りました」

「ありがとう。じゃあ」

後は任せたわ。そう言い残し、リヒトの横をすり抜けて宿を出ていこうとしたマリオンの鈍色の長い髪が、ぐいっと強く引っ張られる。「いったぁ!?」と悲鳴を上げて、背後を振り返るマリオンは、そうして目を見開いた。間近にあるいかにも不満そうな顔に驚いたからだ。

「え、ええと？」

「僕は僕でどうにかしますから、おひぃさまはこのまま宿泊なさってください。それでは」

「あ、ちょっと!?」

どうにかってなんだ。慌《あわ》てて青年の腕を両腕で掴《つか》んで引き留めると、いつも通りの優美な笑顔が降ってきた。下手《へた》に睨まれるよりもずっと迫力のある凄絶《せいぜつ》な笑顔に息を飲めば、ますますその笑みが深められる。

「ご心配なさらなくても、僕を留《とど》めたがるご婦人は大勢いらっしゃいますから。しかもここは花街としても有名な宿場町です。僕にとっては大変都合のいい町ですが、おひぃさまには刺激が強すぎましょう。はい、お荷物と財布《さいふ》をお願いします。いいですか、おひぃさま。明日の朝、僕が迎えに来るまで、決して部屋から出ないでくださいね」

「こ、子供扱いしないでちょうだい。私、十八になったのよ？　もう立派なレディ……」

「ご自身が淑女であると自称されるならばなおさらですよ。ちょうどいい。この一晩で、いい加減ご自分の価値というものをご理解なさってください」

「ちょっと、リヒト！　待ってちょうだい！」

マリオンの手にこの旅の荷物の詰まったたった一つのトランクを押し付け、するりとマリオンの頬に指先を滑らせたかと思うと、そのままリヒトはマリオンを残して宿から出ていってしまった。まばゆい濃金色のしっぽ髪が残像だけを残していく。

最後の去り際に見えた彼の表情は、確かに笑顔であったというのに、何故だろう。その笑顔の裏に隠された本音には、どうしようもないような苛立《いらだ》ちがにじんでいるようだった。

その場に立ち竦み、両手を握り締めるマリオンの耳に、「あのぉ」と、いかにも恐る恐るかけられる声が届く。そちらを振り向くと、カウンターの向こうの宿屋の主人が、なんとも居心地が悪そうにしながらこちらのことを見つめていた。

「お客様、どうなさいますかね？　お部屋をご利用でよろしいので？」

「……はい。お願いします」

宿屋の主人の問いかけに、マリオンはこっくりと頷《うなず》いた。さようでございますか、と、なにやらほっとした様子の主人が、『マリィ・リチアス』と偽名の記帳を終える。流石《さすが》にストレリチアスの名をそこかしこに残していくわけにはいきません、という、リヒトからのアドバイスだった。

やっぱりまだ偽名には慣れないわ、と内心で独りごちるマリオンに、本日の寝室となる部屋の鍵を差し出してくる。それを受け取り、足早に階段を上って指定された番号の部屋に飛び込むが早いか、マリオンはぽいぽいと靴を脱ぎ捨て、ベッドに飛び込んだ。

ああだめ、せめて湯浴《ゆあ》みくらいしたいのに。そう思いながらごろりと寝返りを打つマリオンの耳朶《じだ》に、リヒトの言葉がふとよみがえる。マリオンは結局彼の言う通りにするしかないのがどうにも悔しい。

どうせ私は田舎者の世間知らずよ。そう内心で吐き捨てて、きゅっと唇を噛み締めた。何が、「僕を留めたがるご婦人は大勢いらっしゃいますから」だ。ああそうだろうとも。あれだけお綺麗《きれい》な顔立ちをしているのだから、さぞかし引く手あまたであるに違いない。ストレリチアス領でもそうだったのだから、この宿場町であったって同じことだ。

今までの宿では、それなり以上に苦労したものの、なんとか部屋を取ってきた。でもその苦労は、マリオンがいたからこそだ。マリオンがいなければ、もっとリヒトは簡単に素敵なお部屋に宿泊することができていたに違いない。

「私がいなかったら、そもそも、こんな旅になんて出なかったでしょうけど」

今頃あの美しい青年は、どんな美しい女性と一夜をすごしているのだろうか。そう考えるとなんだか胸がちくちくと痛むような気がしたが、気が付かないふりをして、マリオンは諦めとともに重くて仕方がないまぶたをとうとう閉じた。まぶたの裏の暗闇に、金色の光がやけにちらついている。こんなにも疲れているのに、眠れそうにない。はあ、と天井に向かって溜息を吐いてから、身体を起こす。

こんなときにすることは決まっている。床に転がるトランクを開き、その片隅に丁寧《ていねい》に布で包まれてしまわれているそれを取り出した。マリオン・ストレリチアス嬢へ、と宛名面につづられた何通もの手紙。これまでマリオンの元に届けられた、アレクセイからの手紙だ。この数年でそれなり以上の量になっていたそれらの中からさらに厳選して持ってきたものである。

たった一度きりの逢瀬《おうせ》以来、かの王太子殿下とのやりとりは手紙だけだ。王都とストレリチアス領を行き来するには、魔法使いの転移魔法や飛行魔法といった特殊な手段を使わない限り、相応の日数を要するから仕方がないことだ。王太子たるものがそうそう何日も私情で王都を離れられるわけがない。

だからこそ、マリオンは手紙を書いた。最初は、最低限の時候の挨拶《あいさつ》くらいの頻度《ひんど》だった。災厄令嬢からの手紙なんて、いくら婚約者からの手紙とはいえ喜んでくれないかもしれないと思うとなかなか筆が取れなかったから、貴族としての最低限の礼としての挨拶状だった。

返信なんて期待していなかったはずなのに、初めて返事が来たときの喜びは、筆舌に尽くしがたい。戸惑ったけれど、それ以上にとても嬉しかったのだ。喜んではいけないと解っていながら喜んでしまって、気付けば幾度となく手紙をしたためるようになった。

こちらからの手紙ほど頻繁《ひんぱん》にではなくても、ときどき、思い出したように送られてくる返信の手紙は、いつだってそっけないながらもマリオンに対する労《いた》わりに満ちていて、この手紙があるのならばどんな災厄だって平気だと、何度思ったことか。

もう何度も読み返したそれらの中から一通を選び、いつものように封筒から便箋《びんせん》を取り出す。

つづられている内容はなんてことのないものだ。この手紙はちょうど去年、季節が秋から冬へと移り変わろうとしていたときに届けられた。特別寒くなるだろうと言われた去年の冬について、寒い思いはしていないか、ひもじい思いはしていないか、といった、当たり障《さわ》りがないながらも確かな優しさが感じられる文面が続く。

ええ、殿下。おかげさまでつつがなくすごしております。そうつづった返信を、リヒトに託したことは未だ記憶に新しい。

実際は大雪に見舞われて毎朝雪かきに奔走《ほんそう》した挙句《あげく》に屋根から落ちてきた雪に埋もれかけ、あわやというところをリヒトによって救出されたり、例によって例のごとく寛容なる叔父《おじ》が大雪のせいで収入が減ってしまった領民からの税収を下げ、それだけではなくさらに私財を投げうって大雪対策に乗り出したりと、まあこの他にも色々と災厄らしい災厄にさんざん見舞われたのだが、そこは黙っておいた。

アレクセイに呆《あき》れられたくなかった。そしてそれ以上に、無駄な心配なんてかけさせたくなかった。せめて手紙の中では、災厄令嬢なんかじゃなくて、アレクセイにふさわしい、聖爵令嬢でありたかった。

アレクセイにまつわる噂について、気にならないと言えば嘘《うそ》になる。大嘘だ。男爵令嬢との秘密の恋なんていう噂を聞かされて、心穏やかでいられるはずがない。けれど今までもらった手紙を読み返すだけで、その不安が薄れていく。こんな手紙をくださる方が、自分のことを忘れているわけがない。だからこそ。

「早くお会いしたいわ」

そして、確かめたいことがある。確かめられたら、認められたら、そうしたらそれから、伝えたいことがある。ずっとずっと言えなかったけれど、今度こそ伝えたい。どうしても言えなかった、たった一つの言葉を。

手紙をそっと抱き締めて、ぽつりと誰にともなく呟く。今度こそゆっくり眠れるような気がしたけれど、その前にせめて風呂に入ろう。

取り出したときと同じように丁寧に手紙をしまって、マリオンは今度こそ浴室へと向かった。

＊＊＊

一夜明けた早朝。老朽化できしむ窓を開け放つと、春の陽気に満ちた風が頬を撫でていく。

ついでにどこからか最近新装開店したのだという夜のお店のチラシが顔に叩き付けられたが、それを引き剥がし、ぐしゃりと丸めて背後のごみ箱に投げ入れてから、マリオンは改めて空を見上げた。今日も青く晴れ渡る、美しい空だ。寝巻から簡素なワンピースに着替え終え、肌の上に乗るストレリチアス家の家宝たるオパールのペンダントを確認し、よし、と一つ頷く。これで準備は万端だ。いつリヒトに迎えに来てもらってもすぐに出発できる。

何もかも彼に任せきりになっていることが、悔しくもあり、申し訳なくもあるけれど、何事も向き不向きというものがある。何かと器用なリヒトに任せた方が、『災厄令嬢』が何かやらかすよりもうまくいくのだ。悲しいことに。

ああでも、そうだ。せめて路銀の確認は自分がしておこう。騎士団にあとで向かえば先日の野盗討伐の賞金が出るだろうが、その前に現在の持ち金を確認しておくのは悪いことではないはずだ。そんなこと、幼い子供にだってできる些細《ささい》な真似だけれど。

「でも、何もしないよりはマシだし」

うんうん、と自分に言い聞かせ、マリオンはベッドの枕の下に隠しておいた財布を取り出した。この財布も、ストレリチアス領を発ったときと比べると、随分と軽くなってしまった。

「……ん？」

いざ確認を、と財布のひもに手をかけたとき、何やらにわかに扉の向こうが騒がしくなった。なんだろう。怒鳴り声と悲鳴が代わる代わる聞こえてくる。放っておくにはあまりにも派手な音だ。何か騒動が起きているらしい。財布を片手に、マリオンは扉へと歩み寄った。そしてそのまま、リヒトに「僕が迎えに来るまで、決して部屋から出ないように」と言われていたことをすっかり忘れて、鍵を開けてそのまま扉を手前に引く。正確には、引こうとした、のだが。

「きゃっ⁉」

マリオンが扉を引き開けるよりも先に、廊下側から強い力で押し開けられてしまう。扉と一緒に背後へと押し遣《や》られる形となりたたらを踏むが、幸いなことに尻もちをつくような失態は犯さずにすんだ。しかしそうしてほっと安堵《あんど》の息を吐いたのも束《つか》の間《ま》、どやどやと見知らぬ人物達が部屋の中へと押し入ってくる。

「え、えええええっ⁉」

「この泥棒猫‼」

「なによ、自分に魅力がないのをアタシのせいにしないでくれる⁉」

「はあああ⁉　ふざけたこと言うんじゃないわよ、若さしかとりえがないくせに！」

「なぁんですってえええええええ⁉」

なんだなんだ、今度は押し入り強盗か⁉　と身構えるマリオンを後目《しりめ》に、押し入ってきた人物達……肌もあらわな衣装に身を包んだ女二人は、正確には押し入ってきたわけではなく、押し合いへし合いした末にたまたまマリオンの部屋に転がり込んできたらしい。

こちらのことなどちっとも目に入っていない様子で、金切り声を上げて互いをののしり合っている。突き飛ばすわ、引っかき合うわ、髪を引っ掴み合うわ、もう見ていられない状況だ。

「あ、あの、とりあえず落ち着いて……」

「アンタには関係ないでしょ！」

「そうよ、外野が口出さないでちょうだい！」

「ひえっ」

一斉に怒鳴りつけられてしまい、マリオンは身体を思い切り竦ませた。あまりの迫力にうっかり涙がにじんだ。昨日相手にした野盗どもよりも、よっぽどこの女性達の方が怖い。

ののしり合いの内容によると、どうやら二人とも、この近隣を仕事場にしている娼婦《しょうふ》であり、昨夜一方が相手として取った客が、もう一方にとっては前々から懇意にしている男性であったと、そういうことらしいのだが。

――私、まったく関係ないじゃない！

びっくりするほどマリオンには関係がない痴情のもつれである。それなのに何故この女性達はマリオンの部屋で歴戦の騎士も傭兵《ようへい》も裸足《はだし》で逃げ出しそうな喧嘩《けんか》を繰り広げているのだろう。

扉の向こうでは、この宿の従業員や、マリオンと同じであろう宿の客達が、恐々《こわごわ》とこちらの様子をうかがっている。見ているばかりではなくて頼むから助けてほしい。そんな思いを込めて彼らのことを見つめれば、彼らは一斉にマリオンから目を逸《そ》らした。取り付く島もない。

こうなれば頼れるのは自分のみである。いざ、と二人の間に、無理矢理身体を割り込ませる。

「二人とも、とりあえず落ち着いたらいかが⁉」

女性に手をあげるのは信条に反する。だからこそ、まずは話し合いを、と、提案しようとしたのだが、頭に血が上っている若い女達には、そんなマリオンの提案など、腹立たしいもの以外の何物でもなかったらしい。二人の視線が、ギッと鋭くマリオンへと突き刺さる。

「うるっさいわね！」

そう怒鳴ったのは、そして、そのまま強く突き飛ばしてきたのは、どちらだったのか。思いの外強い力で、かつ不意打ちで突き飛ばされ、マリオンは大きく背後へとたたらを踏んだ。

「え、あ、あっ⁉」

とん、と、とん。決して広いとは言いがたい部屋の中で、二歩、三歩と後方へと仰《の》け反《ぞ》り、そしてそのままバランスを崩した身体は、開け放たれた窓へともんどりうって倒れ込む。誰かが悲鳴を上げた。マリオンの身体が、窓から宙へと投げ出される。いくら人並外れた運動神経を誇るマリオンであっても、後ろから、かつ頭から落下しては、無事に着地するどころか受け身を取ることもできやしない。終わった、と思ったのは、ほんの一瞬だった。

「――ほんっとうに、目が離せないおひぃさまですね」

力強く掴まれた手首と、宙にぶらりと浮いた足。気付けば閉じていた銀灰色の目を開けて、その呆れと焦《あせ》りと疲れ、そして安堵が入り混じる、いかにも複雑な美声の出どころを見上げる。窓から半分以上身を乗り出して、美貌の青年が、マリオンの左手首を掴んでいた。りひと、と呟いた声は、自分でも驚くほどに呆然《ぼうぜん》としたものになってしまった。

「はい、おひぃさま。あなたのリヒトです。引き上げますよ」

恥ずかしげもなく、いつも通りの優美なる笑顔で告げたリヒトは、背後から慌ててやってきた宿の使用人や他の客達と一緒に、マリオンのことを引き上げてくれた。無事に部屋の中へと引きずり込まれ、ようやく足を地に着けることができてほっと息を吐く。途端《とたん》に力が抜けてへたり込みそうになるが、その寸前で横から白い手が伸びて、マリオンの身体を支えてくれた。

「大丈夫ですか？」

「へ、平気よ！」

嘘だ。けれどそれを悟られるのはどうにも悔しくて、ツンと顔を背けてさっさとリヒトの手から逃れて、気を取り直すようにぱんぱんと長いスカートの裾を払う。

我ながら本当にかわいげのない態度である。それなのに、リヒトは気分を害した様子もなく「でしたら結構です」と微笑《ほほえ》むのだ。

その大層美しい笑顔に、周囲の人々が男女問わずうっとりと見惚《みと》れている。どうにもこうにも座りが悪くなり、俯きそうになるところをかろうじて耐えていると、「申し訳ありません！」という悲鳴混じりの叫び声とともに、宿の主人が人波をかき分けて駆け込んできた。

「ウチの女どもがとんでもねえことを……！　ほらこの性悪ども、お客様に謝らんか！」

両脇に娼婦二人を抱え込み、土下座せんばかりに宿の主人は謝罪してくる。先程《さきほど》まで金切り声で怒鳴り散らしていた女達は、自分達のやらかしたことを目《ま》の当たりにしてようやく頭が冷えたのか、顔を真っ青《さお》にして、言葉が出てこない様子である。

ただの痴情のもつれのはずが、一歩間違えれば殺人事件だったのだ。

殺人が重罪であるという事実は、このレジナ・チェリ国においても例外ではない。当事者である女達は元より、事件現場となった宿の主人もまた監督不行き届きを問われることとなる。極刑に処されかねないことを思えば、宿の主人の反応も当然のものだろう。

「あの、大丈夫です。顔を上げてください。見ての通り、私は無事だったんですから」

慣れていますし、とは流石に言えなかったが、本当に大丈夫なのだ。そもそも、相手がこの自分、マリオン・ストレリチアスでなければ、こんなにも話が大きくなることはなかったに違いない。災厄令嬢たるマリオンがいたからこそ、ただの痴情のもつれが殺人未遂になってしまったのだろう。むしろ謝るべきは自分の方だ。

あんまりにも女達が真っ青になって震えているものだから、いつものことながらこちらの方が申し訳ない気分になってくる。

だからこそ「大丈夫」を繰り返すのだが、宿の主人達はどうにも納得しきっていないようだった。この町に駐屯《ちゅうとん》している騎士団に突き出されることになったら、と危惧《きぐ》しているらしい。

そんな真似をする気はないのだと言っても、信じてもらえない。これは困った、と、マリオンが眉尻を下げていると、横に立っていたリヒトが、マリオンと向き合う宿の主人、そして娼婦二人の間に割り込んできた。

「ところでおひぃさま、預けておいたお財布はどこに？」

「え？　もちろんここに……っ⁉」

握り締めていたはずの財布を見せようとして、マリオンはその場に凍り付いた。この手にあったはずの財布が、どこにもないのだ。慌てて周囲を見回しても、それらしきものはない。

サッと顔を青ざめさせたマリオンは、飛びつくように窓へと駆け寄り、地上を見下ろした。

あった。マリオンの財布が落ちている。先程窓から投げ出されたときに手放してしまったらしい。それだけならばまだ拾いに行くだけで話はすんだのだが、そこは災厄令嬢。なんと財布が落ちた場所は、荷車の上であり、マリオンが財布の所在を確認するのを待っていたかのように、御者が鞭《むち》をしならせて馬を走らせ始める。その上に落ちた財布ごと。

「待って！　お願いだから待ってー！」

もはやその叫びは悲鳴だった。けれどその悲鳴は御者には届かず、無情にも荷車は財布ごと走り去ってしまう。こんなのってない。ひどすぎる。

くっ！　と涙をこらえるマリオンの肩に、ぽん、とあまりにも丁寧すぎて逆に馬鹿にされているのでは？　と思えるような労わり具合の手が乗せられる。

「おひぃさま、そうお気に病まず。どうせこうなるだろうとは思っていましたから」

「〜〜〜〜！」

返す言葉もないとはこのことだ。涙目になってリヒトを睨み付けるが、彼はにっこり笑って臆した様子などおくびにも出さない。それが余計に憎たらしくて歯噛みするマリオンを宥《なだ》めるように、リヒトは重ねてぽんぽんとマリオンの背を叩く。

「まあ後は僕がその辺のゴロツキから巻き上げてきますよ」

「全然名案じゃないわよ！　今日は騎士団で賞金が出るし、お金には余裕が……」

「ああ、そのことですが」

いかにも今思い出したと言わんばかりに、ぽん、とリヒトは手を打ち鳴らした。何やら嫌な予感がして、知らず知らずのうちに身構えるマリオンに、リヒトは「先に騎士団の駐屯地に向かったんですが」と前置いて始めた。

「昨日の野盗は、騎士団員が確保しに現場に向かったところ、既に全員が逃げ出した後だったらしいです。隠し武器でも持っていたんじゃないですかね。縛っていたロープが、ばらばらになって地面に落ちているだけだったそうですよ」

「ええっ⁉」

つまりそれは、野盗の確保ができなかったということで、もらえるはずの賞金がパーになったということだ。そんな、と愕然《がくぜん》とするマリオンの耳に、追い打ちをかけるかのようにリヒトはさらに続ける。

「というわけで、僕らは無一文なんですよ？　大丈夫ですって、ちょっと賭博《とばく》で誘いをかければ、王都までの旅費くらいすぐに……」

「～～～～だめったらだめ！」

それでも頑《かたく》なにリヒトの提案に反対するマリオンに、とうとうリヒトも業を煮やしたのか、その整った眉をわずかにひそめ、濃金の瞳を眇《すが》めた。じろりと凄絶とすら呼べる美貌に見下ろされ、慣れているはずなのに思わずびくりと身体を震わせてしまう。そんなマリオンに溜息を吐いてから、まるで幼い子供に言い聞かせるかのように続ける。

「おひぃさま、世の中はきれいごとばかりでは渡ってはいけませんよ」

「きれいごとばかりでは渡れなくても、きれいごとに努めることは忘れてはいけないでしょう」

「……」

今度はリヒトが沈黙する番だった。マリオンだけに見せる、いつもの優美な笑顔とはまるで違う、なんとも不機嫌そうな、それでいていつもよりもずっと人間味がある表情に、何故だか安堵してしまう。

「ねえリヒト。いくらあなたが賭博に強いと言っても、危ないことには変わりがないでしょう。あなたに何かあったら、私はとっても嫌だし悲しいわ」

「おや。心配してくださるので？」

「ええ、そうよ。悪い？」

「…………………」

せっかくの美貌がもったいなくなるような、めいっぱい苦虫を噛み潰したような顔で、何故か再びリヒトは沈黙した。何か変なことを言ったかしら、と内心で首を傾《かし》げつつ、マリオンは、自分達のやりとりを気が気でない様子で見守っていた宿の主人へと向き直る。

「ご主人、ちょっといいかしら」

「は、はい？」

「宿代込みで、しばらく働かせてもらえないかしら。王都までの旅費を稼ぎたいの。雇ってくれたら、今回の件について騎士団に報告するのはやめておくわ」

「そういうことでしたら喜んで！」

青ざめさせていた顔色に喜色をにじませて、宿の主人は何度も頷く。その左右では、女二人が安堵のあまり今にも崩れ落ちそうになっている。

「おひぃさま、わざわざ働かなくたって、慰謝料として宿代と旅費を払ってもらえば……」

「リヒト。当家の家訓は？」

「………… 〝労働ある富〟」

「正解。どんな理由があろうとも、働かざる者食うべからずよ」

ここで旅費を失ったことはとてもとても痛いが、目の前に働き口があるのならば御《おん》の字だ。

「ご主人、しばらくの間、よろしくお願いします」

「いや、まあ、こちらこそ。ほら、お前ら！　もう一度ちゃんとお嬢さんに謝らんか！」

粛々《しゅくしゅく》と丁寧に頭を下げるマリオンに、宿の主人は戸惑いつつも頷きを返し、左右の女達の背をそれぞれ強く叩く。「いったーい！」「何すんのよ！」と不満の声が上がるが、マリオンの視線に気付いた二人は、しおらしく「すみませんでした……」と声を揃えた。

気にしていない、という意味でかぶりを振ってみせれば、ようやく緊張から解き放たれたように、彼女達もぎこちなく笑う。当初の殺気立った様子が嘘のような、ほんのりと好意すら感じられる笑顔に、マリオンは自然と嬉《うれ》しくなる。

「思えば、お二人の方が、おひぃさまに巻き込まれたようなものですからね。災難でしたね、お二人とも」

「え、そ、そんなことっ！」

「私達がお嬢さんのこと……」

「いえいえ、おひぃさまについてはお気になさらず。それよりもお二人とも、怪我《けが》をしておいでだ。ご主人、ついでに彼女達の手当てもお願いしますね」

「へ、へえ……」

目を奪われずにはいられないような、とびっきり美しい笑顔で労わられ、酸いも甘いも噛み分けているはずの女二人は、揃って顔を真っ赤にして、もじもじと恥じらいを見せる。お互いに長い爪で引っかき合った顔を押さえ、引っ掴み合った髪を懸命に手櫛《てぐし》で整える姿は、同性の目から見ても愛らしい。

　男を手玉に取る娼婦らしからぬ、初恋にのぼせる乙女のような仕草をする二人に、そんないい男なんかじゃないのに、とマリオンは内心で呟く。

　そんな風に恥じらう乙女二人を宿の主人は部屋から追い出し、「とりあえず、仕事についてはのちほど」と言い残して去っていった。あとに続いて、集まっていた野次馬達もぞろぞろと連れ立って去り、部屋に残されたのはマリオンとリヒトだけになる。その瞬間、リヒトの美貌から、一切の表情が消えた。

「おひぃさま」

「ごめんなさい！」

　低く呼びかけられ、悲鳴のようにマリオンは謝罪を口にする。いつもであれば「なにかしら」と言い返すこともできたのだが、今回ばかりは謝る以外の選択肢がない。いくら見慣れたものであるとはいえ、飛び抜けた美貌の無表情は怖いのだ。

「謝られるということは、僕が言いたいことはお解りで？」

「わ、解っているわ。部屋を出ようとしたことと、財布を落としたことでしょう」

「流石僕のおひぃさま。敏《さと》くいらしてくださりリヒトは嬉しいです」

　ぱちぱちぱちぱちぱち、と、わざとらしくゆっくりと拍手を贈られても、何一つちっとも嬉しくなんかない。実際リヒトには褒めているつもりなんてないのだから当然だ。

不可抗力ではない。だってマリオンは災厄令嬢だ。自分が何かしようとすれば、遅かれ早かれその身に何かしらの災厄だの災難だの不運だの不幸だのが降りかかることは自明の理だろう。

リヒトのアドバイスをすっかり忘れて、部屋から出なかったとはいえ、鍵を開けたことについては完全にマリオンの落ち度である。

「リヒト、その、怒ってる？」

「怒ってはいませんね。呆れてはいますが」

淡々と言い切られ、マリオンはこうべを垂れた。

——だが、落ち込んでばかりもいられない。

そうだとも。まだまだ挽回《ばんかい》の機会はあるのだ。

「リヒト、今日からでも私、路銀を稼ぐために働くわ。一週間も働けば、次の町までくらいならなんとかなるでしょう。あなたの分までしっかり頑張るから、あなたはゆっくり休暇《きゅうか》になったとでも思ってゆっくりしていなさい」

「おひぃさまだけに働かせて僕が遊んでいたのでは、旦那様に顔向けができないんですが」

「叔父様はそんなこと気になさらないわよ。今回のことは私の責任だし、そもそもこの旅の目的だって私のためのものだわ。付き合ってくれているあなたに、これ以上迷惑かけたくないの」

掛け値なしの本音だった。ストレリチアス家にやってきて以来、マリオンやシラノに降りかかる災厄を幾度となく目の当たりにして、時にはさんざん巻き込まれることもありながら、それでも決してマリオン達の元を去ろうとはしなかったお人好しが、このリヒトという青年だ。

これ以上彼に負担を強《し》いるのは本意ではない。

「……っとに、腹立つ女……」

「え？」

そっぽを向いたリヒトが、ぼそりと何かを呟いたようだったが、よく聞こえなかった。首を傾げて頭一つ分上にある彼の美貌を見上げると、リヒトは「なんでもありませんよ」とようやく微笑んだ。いつも通りの笑顔に、隠し切れない苛立ちがにじんでいる。けれどマリオンがその苛立ちを汲《く》み取るよりも先に、リヒトはさっさと扉へと向かう。

「それではおひぃさま、これから一週間、この部屋を拠点として行動しましょう。おひぃさまは宿の主人の言う通りに働いてください。僕は僕で好きにさせてもらいます」

「好きにするって……いえ、私が勧めたのだけれど、変なことに手は出さないわよね？」

「さて、それはどうでしょうか」

「ちょっと!?」

振り向きざまに浮かべられた笑みは、大層魅力的なものだった。そのまま部屋から出て行く青年になにやら不穏なものを感じ、反射的に手を伸ばしたものの、生憎《あいにく》のことに届かなかった。

「……大丈夫かしら」

ぽつりとこぼした呟きは、思いの外大きく部屋に響いた。だが、脳内で、「大丈夫でないのはおひぃさまの方です」と笑顔で断言するリヒトの姿が余裕で再生されたため、マリオンは一《いち》抹《まつ》の不安に蓋《ふた》をして、いざ宿の主人の元へと向かうことにした。

そして、その日から、宿屋における、マリオンの限定一週間の従業員としての生活が始まった。マリオンが宿屋に務めることになった理由が理由であったせいか、宿の主人も、他の従業員達も、当初こそ腫《は》れ物に触るかのような態度であった。だがありがたいことに、気付けば彼らは誰もが、親しく声をかけてくれるようになっていた。

それはよかった。そう、それはよかったの『だが』。

『だが』という言葉が付属してしまうのが、マリオンが災厄令嬢と呼ばれるゆえんだった。

「またかい？　あんた、本当に運がないんだねぇ」

「そ、それほどでも……」

「褒めてないよ」

呆れを通り越した半笑いで、宿の主人の妻であり、宿の食堂を取り仕切る女傑《じょけつ》でもあるおかみに溜息を吐かれ、マリオンはそっと目を逸らした。両手いっぱいに何枚もの皿を抱えながら、かろうじて体勢を立て直す。

頭から水と一緒に食事の残りかすと洗剤の泡をたっぷりと被《かぶ》り、ぼたぼたと水なのか油なのかよく解らない雫《しずく》を長い髪からしたたり落とすマリオンに、おかみは同情的な視線を向けてくる。言いたいことは解る。その視線は、言葉よりもよほど雄弁だ。褒められていないことくらい痛いほどよく理解している。我ながらなんて情けない姿だろう。

台所の洗い場で、洗い終えた皿を布巾《ふきん》で拭《ふ》きながら重ねていたところ、あまりものの食材を狙って乱入してきた野良猫に飛びかかられたのだ。

なんとか皿は死守し、一枚も割らずにすんだものの、その代償は大きかった。大きな野良猫がその蓋に飛び乗った水瓶《みずがめ》は、古くなっていたせいか、真っ二つに割れて、貯水されていた水が溢《あふ》れ出した。洗い場に運ばれてきたばかりの汚れた皿や大鍋にぶつかった水は、そのままマリオンを襲った。結果、頭からびしょぬれになってしまったのである。

「マリィちゃんは働き者でいい子なんだけど……本当にいい子なんだけどねぇ……」

言葉尻をにごすおかみに、マリオンは死守した皿を洗い場に戻しながら、こっそりと溜息を吐いた。おかみの言いたいことはごもっともだ。

マリオンはもともと、ストレリチアス領の屋敷でも、自ら先頭に立って家事を担ってきた。だからこそ、今更「手が荒れるから嫌だわ」なんてかわいらしい発想なんて持ち出さなかった。だがしかし、いくらやる気になって働いても、ストレリチアス家の因果は、マリオンにそれを許してはくれなかった。

本日で、マリオンがこの宿屋で働き始めてから四日になる。今日にいたるまで、それはもう掃除、洗濯、食堂における配膳にいたるまで、きびきびてきぱきと、もしもリヒトに見られたら「本当に誇り高き聖爵家のご令嬢ですか?」と突っ込まれるに違いない勢いで、身を粉にして働いてきた。だがしかし、そのたびにマリオンの身には災厄が降りかかってきたのである。

先程の野良猫乱入事件ばかりではない。

客室の掃除をしていたら、ベッドの下からうっかり血まみれのナイフを見つけてしまい、騎士団が調査にやってきた。どうやら前の晩に宿泊した客が残していったらしいのだが、そのナイフが盗品であることや、こびりつく血が新しかったことから、マリオンは丸一日騎士団に拘束され、事情聴取を受ける羽目になった。

宿屋だからこその大量の洗濯物をようやく洗い終え、その洗いたてのシーツを干していたら、突然の突風に見舞われた。その突風に、シーツごとあおられ、そのまま大量の洗濯物の下敷きに。生憎先日の天気は雨。地面は当然ぬかるんでいた。洗濯物もろとも泥まみれになってすべてやり直し。

食事の配膳にいたってはもっとひどい。というか、相手が悪かったのだろう。できたての食事を運んだところ、酔っ払った男にわざと足を引っかけられそうになった。それを持ち前の反射神経で華麗に避《よ》けたのだが、勢いよく立ち回ったせいで手から皿がスッポ抜け、熱々に熱した油で炒めた小エビの一品を、その男の頭にぶっかけてしまったのである。とんでもない悲鳴が上がり、冷やすものを求めて暴れる男を思わずすぐ手の届くところに置いておいた愛用のパラソルでぶん殴り強制的に黙らせたのは、つい先日の話だ。

ちなみにその後、この町の町長の息子であった男は、マリオンのことを騎士団に訴えると言い出した。騎士団もこの男には手を焼いているらしく、マリオンに同情してくれたおかげで、一日騎士団に拘束されるだけですんだのはまあ僥倖《ぎょうこう》だった。

身分だけで言えば、《寛容》の聖爵たるストレリチアス家に生まれたマリオンと、町長の息子の差は比べるまでもないほどに歴然としたものだ。むしろ男の方が、マリオンに対して、土下座したって許されない真似をしたとすら言えるだろう。

しかし現在のマリオンは、聖爵令嬢たるマリオン・ストレリチアスではなく、ちょっぴり裕福な商家のお嬢様のマリィ・リチアスなのである。ちょっとの理不尽くらい慣れたものなのだから、大人《おとな》しく仕事に励みたい。とにかく何事もなく、と願いながら仕事に臨み続け、気付けば宿屋の主人と結んだ契約完了日までは、あと三日だ。

「まあ……その、なんだ。あんたがいくら運が悪いって言っても、器量は割と悪くないし、家事だってよくできてるんだから、嫁のもらい手には困らないだろうよ。流石に王太子殿下に嫁げるとまでは言えないけどさ」

「！」

おかみとしてはフォローとして口にしたのだろう台詞の、その〝王太子殿下〟という単語に、マリオンは反射的にびくりとしてしまった。いやあの私、そのお方のれっきとした婚約者なんです……と内心で反論するマリオンをどう思ったのか、おかみはからからと笑った。

「おや、あんたも殿下のファンなのかい？　あんだけ素敵なお坊ちゃんだもんねぇ」

「え、あ」

「でも残念だったね。マリィちゃんも聞いただろう？　殿下には今、そりゃあかわいらしいお嬢さんが恋人としていらっしゃるらしいからね」

確か男爵家のご令嬢だったか、と続けるおかみに、マリオンはかろうじて笑みを浮かべてみせた。今更おかみに教えられなくとも、今日まで何度も、町中で耳にした噂だ。ここまで来ると、噂は噂ではなく真実なのではないかと思えてくる。もしも本当に、その通りだったとしたら。そう思うと、知らず知らずのうちに抱えた皿に力が入る。

ふとまとう雰囲気を変えたこちらに気付いたのだろう。そろそろマリオンに何かを任せると何かが起こってしまうことに気付きつつあるおかみは、ぽん、と肩を叩いてきた。気遣いに溢れたぬくもりに息を飲めば、彼女はちゃめっけたっぷりにウインクを投げかけてくる。

「まずは湯を浴びておいで。あとはじゃがいもの皮むきだ。裏口にかごとナイフを置いておくから、頼んだよ」

「――はい！」

手伝い以上に迷惑をかけているのに、宿の主人もおかみも、マリオンのことを放り出さずにいてくれている。マリオンが窓から落下しかけた事件について負い目があるからだと言われればそれまでの話だけれど、それでもこうして見捨てられずにすんでいることにほっとせずにはいられない。

お言葉に甘えて部屋で身なりを整えてから、一階の裏口へと向かい、人通りがほとんどない、細い裏道に面した小さな扉を開ける。足元に、山となったじゃがいもが詰まった箱と、空っぽのかご、そしてくず入れが置いてある。そして、隠れるようにして、小振りのナイフも。

自慢ではないが野菜の皮むきは得意だ。よし、と気合を入れて、マリオンは扉の前の段差に腰かけて、一つ目のじゃがいもに手を伸ばす。じゃがいもの面に鋭いナイフを沿わせてくるくると回していくと、するするとひも状になった皮が下へ下へと伸びていく。

それを目で追いかけながら、今日まで耳にした例の噂について思い返してみる。アレクセイと男爵令嬢の恋の噂は、それはそれはまことしやかにあちこちでささやかれている。本当の彼のお相手はマリオンであるはずなのに、と思うのは、傲慢《ごうまん》がすぎるだろうか。いくらお招きに与ったとはいえ、ほとんど勢いでストレリチアアス領を発ったようなものだ。アレクセイは自分に本当に会ってくれるだろうか。男爵令嬢との噂について、どう答えてくれるのだろう。こんな疑問を抱《いだ》くこと自体が、アレクセイに失礼なのは解っている。彼はきっと自分に会ってくれるだろう。噂についてだって、きっと納得できるように説明してくれるに違いない。

そうだとも。マリオンに手紙を送り続けてくれた『金色の王子様』は、きっと……いいや、間違いなく、そういう人であるに違いないのだから。

――そううまくいきますかね。

ふ、と。先達《せんだつ》ての十八歳の誕生日、リヒトに言われた台詞が耳元でよみがえる。思い出すだけで腹立たしい台詞だ。アレクセイからの王都への招待の手紙に浮かれるマリオンに、リヒトはそう言って冷たく笑っていた。本当に失礼だ。うまくいくに決まっているではないか。この町に滞在し続け、今日で丸五日。いくらマリオンがそうすることを勧めたとはいえ、主人であるはずの自分を放っておいて花街をうろつく使用人の言うことなんてまともに取り合う方が間違っている。小耳に挟んだところによると、本当にリヒトは、あちこちの娼館に顔を出し、あまたの娼婦達をとりこにしているのだという。マリオンの元にはちっとも帰ってこないのに。

「どうせ私は色気より食い気よ」

ふんっと吐き捨てて、再びじゃがいもの皮むきに熱中する。そうして自分でも想定以上に集中していたせいか、近付いてくる人影に気付けなかった。

ふ、と頭上に影が落ちる。今日は晴れだったはずなのに、もしやここでにわか雨か、と顔を持ち上げたマリオンは、目の前に立っているまさかの人物に、目を見開いた。

「よぉ。この間は世話になったなぁ?」

その素行の悪さが評判の、町長の息子殿である。にやにやとこちらを見下ろしてくる下卑《げび》た笑みに、反射的に眉をひそめた。

その反応は悪手だった。案の定、ぴくりと眉を動かした男は、怒りと苛立ちを織り交ぜた、それでいて自らの優位を疑いもしないというなんとも器用な笑顔とともに、綺麗に皮がむき終えられたじゃがいもが入ったかごを思い切り蹴《け》り飛ばした。盛大な音とともにかごが宙を舞い、じゃがいもがころころとどこまでも転がっていく。

「っ何するの！」

農家の皆さんが大切に育てた野菜を粗末にする奴は誰であろうと許さない！

ストレリチアス領にて、明日の食事にすら困るほど困窮したことがあり、自らも中庭の畑の世話に精を出している身だ。だからこそ、男の蛮行は許しがたいものだった。

勢いよく立ち上がって睨み上げるが、こんな真っ昼間から飲んだくれていたらしい男は、酒臭い息を吐き出しながら、そんなマリオンを鼻で笑う。

「こんなところで寂しく芋の相手なんてするよりも、俺と遊んでくれよ」

乱暴に手首を掴まれて引き寄せられる。手に持っていたナイフが滑り落ち、石畳の地面を滑っていった。

「放して！」

「嫌だね。てめえのおかげで俺はいい笑いモンだ。その借りは返してもらわなくちゃなぁ」

ぐいっと顎《あご》を掴まれて、酒臭い息を顔に吐きかけられる。その気色悪さにただただぞっとする。全身が粟立《あわだ》つのを感じた。ここに愛用のパラソルがあれば話は簡単だったのだが、うっかり先程湯を浴びに部屋に戻ったときに置いてきてしまっている。

いくらマリオンでも、まだ十八歳の年若い乙女だ。大の男の暴力に、素手で敵《かな》うはずがない。ずるずると男に引きずられながらも、懸命に足を踏ん張って抵抗するのだが、大した抵抗らしい抵抗にはなっていない。

「放して、放してってば！」

「うるせぇ！」

男の腕が振り上げられ、そのままこちらの頬を張ろうと勢いよくその手が振り下ろされる。片手を拘束された状態では避けようがない。襲い来る衝撃にそなえて、マリオンは固く目をつむった。けれど、予想した衝撃も痛みも、いつまで経《た》っても襲ってくることはなく。

「いてぇ！　いてててててっ!!」

代わりに上がったのは、男の悲鳴だった。突然片手を解放され、おそるおそるまぶたを持ち上げる。その先で輝く金色に、目を瞠《みは》った。

「リヒト!?」

「はい、おひぃさま。ご無事で何よりです」

振り上げられた男の腕をその細腕で軽々と捻《ひね》り上げながら、リヒトはにっこりと笑った。とんでもない笑顔である。びっくりするほど美しい笑顔だ。

けれどやっていることはとてもひどい。ぎりぎりぎり、を通り越して、ぎちぎちぎち、という擬態語を付けたくなるような力強さで、情け容赦なく男の腕を締め上げている。

「僕のおひぃさまを殴ろうとした手なんて、もういりませんよね？」

とても優しい、まるで睦言《むつごと》をささやくかのような、甘く蠱惑《こわく》的な声だった。リヒトの長い足が地面に落ちていた皮むき用のナイフを器用に蹴り上げ、それを宙でキャッチして、刃先を男の腕に滑らせる。つう、と伸びた赤い線に、男の顔は赤から青へ、そして白から土気色へと、見る見るうちに変化した。

「た、たすけ……っ！」

男の視線が宙をさまよい、呆然と事の成り行きを見守ることしかできずにいたこちらへと向けられる。締め上げられていない方の手を伸ばして助けを求めてくる男の姿に、正気を取り戻したマリオンは、慌てて「リヒト！」と叫んだ。

「やめなさい！」

「何故です？　この辺りでも問題児扱いされている小僧です。いいお灸《きゅう》になると思うんですが」

「お灸をすえるのは騎士団でもできるでしょ！」

「ですが」

「ですがも何もないの！」

悲鳴のように叫べば、またリヒトは変な顔をした。せっかくの美貌がもったいなくなるような、なんとも言いがたい、まさしく『変』な顔。

「リヒト、お願い」

「……解りました。わがままなおひぃさまを主人に持つと、下の者はつくづく苦労させられる」

溜息と苦笑が入り混じる声音でそう告げたリヒトは、男の腕からようやく自らの手を離した。長身のリヒトに、ほとんど引き摺《ず》り上げられるようにして締め上げられていた男は、その場にどさりと尻もちをつくが、ちらりとリヒトがその濃金の瞳を向けると、「ひいいいいいっ！」と盛大に悲鳴を上げて走り去っていった。

その後ろ姿を見送り、ほっと肩から力を抜くと、呆れを多分に含んだ視線が向けられる。物言いたげ、というよりも、はっきりと「不満と文句を言いたいのですが」と訴えかけてくる濃金の瞳の圧力に、マリオンは屈した。

「……言いたいことがあるなら言えばいいじゃない」

「言いたいことといいますか、僕のおひぃさまは本当に《寛容》でいらっしゃると思いまして」

「馬鹿にしているの？　それとも嫌味？」

「さて」

どうでしょう、と、リヒトは笑った。その反応に、これは両方ね、と見当をつける。けれど下手に反論したってリヒト相手では簡単に論破されてしまうことが目に見えていたので、反論を諦め、改めて地面に転がるじゃがいもを見下ろした。

多少汚れてしまったが、洗えば十分食べられる状態だ。食材を無駄にする羽目にならずにすんだことに安堵して、しゃがみ込んで拾い集め始める。

「はい、どうぞ」

「ありがとう」

何も言わずとも、リヒトもまた、マリオンの側《そば》にしゃがみ込んで、次々にじゃがいもを拾い上げてくれる。昔は言わなくては……いいや、言ったとしても手伝ってくれるかは五分五分だったというのに、今はこうして自分から手伝ってくれるのだから、やはり人間というものは学習し、成長するものであるということを感じる。

リヒトとの出会いは、四年前に遡《さかのぼ》る話だが、出会ったばかりの頃と比べると、彼は随分、なんというか、そう、人間らしくなったと思う。当初はその並外れた美貌も相まって、精巧な人形めいた印象を受けていたのだけれど、今となってはこのありさまだ。からかってくるし、憎まれ口だって叩くし、丁寧なように見えて慇懃《いんぎん》無礼《ぶれい》だし。……こうあげつらうとこういう変化でよかったのかと思わなくないのだが、それでも今日まで彼がストレリチアス家に仕《つか》えてくれていることについて、マリオンは感謝しているのだ。

そうして互いに無言でじゃがいもを拾い続け、最後の一つを拾い上げ、かごに放り込んでから、マリオンはそのかごを持ち上げた。

「じゃあ私はおかみさんのところに行くけれど……そうだわ。あなた、何か用があって戻ってきたんじゃないの？」

この四日間というもの、とんと音沙汰がなかったリヒトが、たまたま偶然であるとはいえ、マリオンの危機に駆けつけてくれたことは幸いだった。てっきりマリオンと宿屋の間に交わされた契約満了日まで戻ってこないものだとばかり思っていただけに、今ここにリヒトがいることが不思議に思えてくる。

「ちっとも帰ってこない」とこっそり文句を垂れていた自分を棚に上げて問いかけると、何故かリヒトはぐっと息を飲んだようだった。いつだって余裕ぶっている青年にしては予想外の反応である。どうかしたのかとその目の前まで歩み寄り、至近距離で彼の顔を見上げると、これまた何故かリヒトは後退《あとずさ》った。

「リヒト？」

「べ、つに、顔が見たくなったとか、そういうわけではないですからね」

「え？　ええ、そんなこと解っているわ。だからこそ何か用があったんじゃ……って、なに、その顔」

またしても変な顔である。心なしかリヒトのその白磁の肌が赤く染まっているような気がした。んん？　と首を傾げてみせれば、リヒトはごほん、と一つ咳払《せきばら》いをして、いつも通りの笑みを浮かべてみせた。先程までの変な顔が嘘のような、鉄壁の笑顔である。

「王太子殿下についてですけれど」

「殿下がどうかなさったの？」

「耳よりの噂を手に入れましてね、一応ご報告に。王太子殿下は……」

「ちょっと待って」

「はい？」

「いきなり殿下のお話なんて心臓に悪いわ。心の準備をさせて！」

「……………はいはい。ご自由に」

王太子殿下という単語だけで胸がときめいてしまう。きゃーっと頬を薔薇《ばら》色に染めて、自らを抱き締めるようにその響きを噛み締めていると、じっとりとした視線を感じた。そちらを見遣れば、半目になった濃金の瞳が、やはりじっとりとこちらを見つめている。

恋する乙女になんて目を向けるのかと若干《じゃっかん》どころでなくムカッとしたが、リヒトはアレクセイの新たなる情報を持っているのだ。ここで機嫌を損ねて教えてもらえないのは困る。

「よし、心の準備は大丈夫。リヒト、さあ教え……」

て、と、続けようとしたマリオンの視界の端で、何かがごそりと動いた。小さな影だった。この人通りの少ない細い裏道に積み上げられた、食材の残りかすや残飯が捨てられているごみ箱の陰で小さな何かがごそごそと動いている。

「おひぃさま？」

「黙って」

不自然なところで言葉を切ったマリオンに、リヒトが訝《いぶか》しげに整った眉をひそめるが、構うことなく呼びかけに続くはずだった台詞すら遮《さえぎ》って、マリオンはシッと人差し指を唇に寄せる。その視線は、リヒトの背後のごみ箱の陰に固定されたままだ。

　息を潜《ひそ》め、足音を忍ばせ、一歩。二歩。三歩。

「……っ捕まえた！」

　そしてマリオンは、その『何か』を、すくい上げるようにして捕獲し、そのまま両手で掲げた。きゅうきゅうと悲鳴を上げるその『何か』を視線の高さまで下ろしたマリオンは、あら、と目を瞬《またた》かせる。

「子狐《こぎつね》さんね」

「へえ。こんな町中で珍しい」

　どんぐりのようにつやつやとしたつぶらな瞳。ピンと伸びた三角の耳。ふかふかの太いしっぽ。薄汚れてはいるものの、元の色はきっと綺麗な黄金色であるに違いないと思わせる毛並み。じたばたとマリオンの手の中で暴れる、まだ生まれて数か月かと思われる、小さな子狐だ。なんとかマリオンから逃れようと身をよじり、まだ幼い前足を振り上げ、きゅんきゅんと鳴きわめく子狐に、その鳴き声ではないが、〝ぎゅん〟とマリオンの胸は高鳴った。

「なんてかわいいのかしら！」

　ぎゅうと抱き締めたい衝動にかられるけれど、野生動物に人間のにおいをつけるのはよろしくない。子狐のためを思うならば一刻も早く解放して逃がしてあげるべきだ。そんなことは解っている、のだけれど。

「怪我をしていますね」

「そう、ね」

リヒトの指摘に、マリオンは頷いた。子狐の宙に浮いている後ろ足は、片方は元気にけりけりとマリオンを蹴ろうとしてくるけれど、もう一方はぶらりと垂れ下がったままだ。血がにじむその片足の傷は、自然のものではない。おそらくは、人間がしかけた罠《わな》によるものだろう。

この傷が元で、親狐から見放されたか。そう思うと、マリオンの胸はずきりと痛んだ。

「手当てしなくちゃ。リヒト、持ち合わせのものでいいから、薬と包帯をくれる？」

マリオンの降りかかる災厄ゆえに生傷の絶えない性質を慮《おもんぱか》った結果、常に救急セットを持ち歩いてくれているリヒトにそう問いかけながら、マリオンは子狐の頭を撫でた。危うく指先に噛み付かれそうになったけれど、寸前で手を引いて事なきを得る。

ぐるるるる、と一丁前に悔しげに唸《うな》る子狐に笑いかけ、さあ早く、と促《うなが》すようにリヒトの方を見たマリオンは固まった。リヒトが、またしても、どうにも変な顔をしていたからだ。

「ちょっと」

だからその顔はなんなのだ。一体何が言いたいのかと首を傾げてみせると、盛大なる溜息を吐かれてしまった。つくづく失礼である。

むっとリヒトを睨み付ければ、彼はもはや笑顔を取り繕《つくろ》うこともせずに、心底呆れ果てた表情を浮かべて、マリオンが捕まえている子狐にちらりと視線を向けた。マリオンの両手の中で、びくりと子狐の身体が震える。

つい庇《かば》うように、両腕で子狐を抱き直して胸に引き寄せるマリオンを、リヒトはさらに深く呆れた目で見遣ってくる。

「本当に手当てなさるんですか？　相手は《狐》ですよ？」

「――ああ、そういう意味ね」

心底嫌そうな……というか、理解できない、と言いたげなその声音に、マリオンはやっとリヒトの反応が何を意味しているかに気付いた。

かつてレジナ・チェリ国を支配した最高にして最悪の魔法使い、《七人の罪源》。彼らは七大聖爵家により、人間から獣の身に堕とされた。

《七人の罪源》が堕とされた獣の姿は、それぞれ、獅子《しし》、狼《おおかみ》、蛇、熊、狐、虎、山羊《やぎ》であるという。凄惨《せいさん》なる歴史ゆえに、今なおそれら七種の獣は、人々に忌避《きひ》されている。つまりは今、この腕の中にいる子狐も例外ではない。

「よりにもよって《寛容》のストレリチアス家のご令嬢が、対立する《強欲》の獣を保護してどうするんですか」

「関係ないわ。このまま放っておく方が後悔することになるもの。ねえ、かわいい子狐さん？」

相手が忌避される獣だろうが、自分が聖爵家の令嬢だろうが、そんなことは関係ないのだ。

気付けば子狐は、自分の物ではないぬくもりに安心してしまったのか、うっとりと目を細めて完全にマリオンの腕の中で丸くなっている。こんなにもかわいらしい生き物をこのまま捨て置くことこそが罪悪だろう。

「さ、リヒト。解ったら、ほら、包帯と薬！」

「……かしこまりました」

リヒトが腰にさげている鞄から、包帯と傷薬を差し出してくる。それを受け取って、マリオンはぬくもりにすがろうとする子狐を宥めながら一旦地面に降ろし、その傷付いた片足を丁寧に手当てする。幸いなことに深い傷ではないらしく、これならば手持ちの傷薬を塗って包帯で血止めをしておけば大事にはいたらないだろう。

巻かれた包帯が気になるようだが、それでも今度こそ四本の足をしっかり地に着け、元気にうろうろとマリオンにまとわりつき始める子狐の姿は、ただただかわいらしいの一言に尽きる。きゅうん、と甘えた声を上げて擦《す》り寄ってくる子狐の小さな頭を撫でていると、リヒトがじいとこちらを見つめてくる。どうかしたのかと首を傾げてみせると、彼は苦笑とも嘲笑《ちょうしょう》ともつかない、なんとも奇妙な笑い方をした。

「まったく。本当におひぃさまは変わり者だ。昔からちっとも変わらない」

「褒め言葉として受け取っておくわ」

「褒めてませんよ」

心底疲れたように言われてしまった。なんだ、珍しくまともに褒めてもらえたと思ったのに。残念、と内心で呟きながら、子狐とたわむれるマリオンの脳裏にふとよみがえる金色の残像があった。

『昔』、と言えば。

「そういえば小さい頃、こんな風に狐さんを助けたことがあるのよ」

「へえ、そうですか。先代と奥様のご苦労が偲《しの》ばれますね」

「お父様とお母様が亡くなったあとの話よ。それに、もしお父様達が生きていらしたら、きっと私のことを褒めてくださったはずだわ」

何せ父は叔父に負けず劣らずのお人好し。そして母は普段は厳しいくせに、結局最後にはなんだかんだでそんな父のことを許してしまうツンデレであったので。たった七年間一緒にいただけだったけれど、両親の仲睦まじさやその人となりは、今なおマリオンの記憶に新しい。

そんな両親が、事故により、マリオンを置き去りにして天の国に旅立ったばかりの頃。ストレリチアス邸の中庭の畑に、どこからか狐が迷い込んだのである。傷付いた狐を、今と同じように、当時七歳だったマリオンが保護したのだ。

「この子よりも濃い金色の毛並みのね、本当に綺麗な狐さんだったわ」

もちろんあなたも素敵よ、と、マリオンは子狐を抱き上げて、その鼻先に口付けを落とす。きゅん、きゅうん。何度も甘えた声を上げて、ぺろりと頬を舐《な》め返され、そのくすぐったさにくすくすと笑う。けれどこれ以上はだめだ。人に慣れすぎた獣は長くは生きられない。

「さ、早く行きなさい。他の人に見つかっちゃだめよ？」

地面に降ろし、よりひとけのない方向を指差して示す。ここでこの子狐を見送るだけですませるのはそれなりどころでなく心配ではある。だが、この裏道まで傷付いた足ながらも人の目をかいくぐってやってきたのだから、それだけの実力が子狐にはあると見ていいだろう。名残《なごり》惜《お》しくはあるが、ここで別れるのが子狐のためだ。それなのに。

「完全に、懐《なつ》かれましたね」

「……」

地面に降ろされた子狐は、走り去っていくどころか、再びマリオンの足にまとわりつき、幾度となく小さな身体を擦り寄せてくるのである。

「だめ、だめだったら。ほら、早く行ってちょうだい。他の人に見られたら、またいじめられちゃうわよ」

「おひぃさまが中途半端に同情するからですよ」

「中途半端って」

そんな言い方はないのではないだろうか。むっと眉をひそめるマリオンに、リヒトは笑った。優美でありながらも、どこか酷薄《こくはく》さがにじむ笑顔だ。

「では、無責任と言い換えましょうか。責任の持てない優しさほど残酷なものはありません」

普段と同じく穏やかな声音ながらも、リヒトのそれは驚くほど冷え冷えとしたものだった。そこに責めるような響きはない。純然たる事実を、事実として述べているだけだとでも言いたげな声音だ。だからこそ余計にその台詞はマリオンの胸に突き刺さる。

自然と視線が下に落ちた。ぱちり、と子狐のつぶらな瞳と目が合った。じっと見上げてくる、きらきらと期待に満ちた愛らしい瞳だ。

ぐっと言葉に詰まる。リヒトの言うことは正しい。悔しいくらいに。

「……あなたに覚悟はあって？」

静かな問いかけに、きゅ？　と子狐は小首を傾げた。リヒトが訝しげに眉をひそめるのを後目にして、じいと子狐を見つめ続けると、敏く何かを感じ取ったらしい子狐は、きゅん！　と一声鳴いて、またすり、とその鼻先をマリオンの足に擦り寄せてくる。

ああ、もう、これはだめだ。マリオンの負けだ。この子狐はもう決めてしまったらしい。ならば、マリオンのすべきことは一つしかない。

「今日からこの子も私の家族よ。名前は……そうね、ウカなんてどうかしら」

「……は？」

ぽかんとらしくもなく間抜け面をさらすリヒトに、マリオンは噴き出した。それから、ひょいっと改めて子狐、もといウカを抱き上げて、頬を擦り寄せると、きゅん、と甘えた声とともにあたたかなぬくもりが応えてくれる。

小さい頃に本で読んだことがある。はるか遠き極東の島国において、『ウカ』とは、穀物や食物、ひいては穀物を司《つかさど》る神の名前であると。これから決してこの子狐が餓《う》えることなどないようにという願いを、『ウカ』という名前に込めようではないか。

かわいい、と相好《そうごう》を崩すマリオンとは対照的に、なにやら焦ったようにリヒトがマリオンの肩を掴んだ。

「お待ちください、おひぃさま、まさか王都までそいつを連れていくおつもりですか？」

「当然よ。あなたの言う通りだわ。責任は取らなくちゃね」

「だからってなんでそうなるんですか！」

冗談でしょう、とリヒトは頭を抱える。しかし、マリオンはもう決めてしまったのだ。この子は、ウカは、マリオンの家族となった。だったら一緒に連れていくのが道理だ。

いくら狐が忌避される動物の一種であるとはいえ、誰もがそうやって狐を迫害するわけではない。連れて歩くだけで、その家族であるマリオンまで忌避されることはないだろう。奇異の目で見られることはあるだろうけれど、それはそれ、慣れているので今更である。

ねえ？　と同意を求めてウカに笑いかけると、ウカはきゅう！　と元気よく鳴いた。ウカという名前もどうやら気に入ってくれたようだ。

「ごみ箱を漁《あさ》っていたくらいなんだから、お腹《なか》が空いているのよね？　おかみさんにいったん休憩《きゅうけい》をもらって、何か食べ物を……リヒト？　どうしたの？」

気付けばとうとうしゃがみ込んでしまっている青年を、つい首を傾げながら見下ろした。

いつもは絶対に見ることが叶わないつむじを中心にして、濃金の髪の上に天使の輪が描かれている。大したお手入れをしているようには見えないのに、毎晩懸命に自らの髪を梳《す》いているマリオンの髪よりもよっぽどつやつやでさらさらなのがうらやましいし、なんならちょっぴり憎たらしい。

「リヒト、リヒトったら。どうしたのよ。まさか身体の調子でも悪いの？」

だとしたらすぐにでも医者を、とウカを抱いたまま踵《きびす》を返そうとするマリオンだったが、それよりも先に、リヒトはゆらりと立ち上がった。疲れ果てた様子で溜息を吐き、そして今度こそ本当に苦笑を浮かべて「解りました」と続けた。

「解りました。解りましたよ。僕の負けです。とりあえずこいつは僕が預かりますね」

「あっ！　ウカ！」

マリオンの腕から、ウカの首根っこを掴んで奪ったリヒトは、そのままウカを腰からさげた鞄に押し込む。ぎゃん！　とウカが鞄の口から顔を出して抗議の声を上げたが、その頭をリヒトに撫でられることで大人しくなる。そのことにほっとしつつ、マリオンは相変わらず苦笑を浮かべているリヒトを見上げた。

「心配しなくても、ちゃんと私が……」

「僕がついていないおひぃさまに任せて、こいつが災厄に見舞われたらどうするんですか。まだ宿との契約満了まで、明日も明後日《あさって》もあるんでしょう。その間に、誰かに見られたら、あらぬ疑いをかけられることになりますよ。おひぃさまが思っているほど、狐に対してこの国の人間は優しくありません」

　そう言われてしまってはぐうの音も出ない。災厄令嬢として忌避され、奇異の目をさんざん向けられてきたのがこの自分である。確かにリヒトの言う通りだ。マリオンだけならばともかく、ウカまでその『災厄』に巻き込んでしまうのは、絶対に避けたい。

「そういうことなら、お願いするわ。優しくしてあげてね。ご飯もちゃんとあげて、包帯もちゃんと毎日替えてあげ……」

「あーはいはい解ってます、解ってますから。お望み通りにしてさしあげますよ、おひぃさま」

　常に丁寧かつ優雅な物腰と態度を心がけているのだというリヒトらしからぬ、どこかなげやりな口調に、若干不安が誘われる。だが、リヒトはやると言ったらちゃんとそれをやりとげてくれる使用人である。彼がマリオンの望み通りにしてくれると言うならば、その通りになるだろう。心配はいらないはずだ。

「いい子にしていてね、ウカ。また会いましょう」

　鞄から顔を出しているウカの頭を撫でると、きゅう、と名残惜しげな鳴き声が返ってきた。どうやらしっかり言葉が通じているらしい。賢い子ね、ともう一撫でしてから、マリオンは放置していたじゃがいものかごを持ち上げた。

「それじゃあ、私は仕事に戻るわ。リヒト、ウカのことをお願い。次は今度こそ王都に発ちましょう」

「承知いたしました。ところでおひぃさま」

「なぁに？」

リヒトの表情は、いつものような優美な微笑でもなければ、苦笑いでもからかうような笑いでもない、真剣なものだ。何を言い出すつもりかと自然と身構えれば、彼はひとたび腰のウカを見下ろしてから、「僕にとっては」と口火を切った。

「こんな獣一匹よりも、おひぃさまの方が、もっとずっと、比べるのも馬鹿馬鹿しいほどに大切です。誠に遺憾《いかん》なことに」

「……最後のは余計じゃなくて？」

「最後こそが重要ですよ」

彼の言葉を借りれば、本当に、心底、『遺憾』なのだろう。いっそ忌々しげとすら呼べるような表情と声音で吐き捨てるリヒトに、マリオンはぷっと噴き出した。

「ありがとう。主思いの優秀な使用人がいてくれて、私は幸せ者だわ」

「……」

リヒトはここでまた何故、そんな変な顔をするというのか。いくら笑みを含んでいたとはいえ、マリオンだって大真面目《おおまじめ》に答えたというのに、どうしてそんなおかしな……不満げとでもいうべき顔をするのだろう。どんな表情を浮かべても、総じて美しいと表現される顔立ちをしているのだから、その美貌を活《い》かした表情をもっと浮かべればいいのに。たとえば、そう、いつもの笑顔とか？

「…………変なの」

「はァ？」

「な、なんでもないわ！」

ぽつりと落とした呟きに、器用にリヒトが片眉を持ち上げる。苛立ち混じりのその声に、慌てて首を振り、「じゃあ今度こそ仕事に戻るから！」と、マリオンはかごを抱えて、宿屋の裏口へと飛び込んだ。一瞬、もの言いたげなリヒトの顔が視界の端に映ったけれど、気が付かなかったふりをした。勢いよく扉を閉めて、かごを抱き締めるようにしてうずくまる。

変。変だ。いつもの優美な笑顔よりも、さっきみたいな『変』な顔の方が好ましく思えるだなんて。そんなのはおかしい。変だ。変なのは、私だ。

そうして動揺に身体を震わせるマリオンは、リヒトがマリオンの元に戻ってきた本来の理由である、〝王太子にまつわる耳よりの噂〟を聞いていないことなんて、すっかり忘れ去っていたのである。

第2章　でもこれは流石にないんじゃなくて？

そして、三日後。宿屋との契約期間の満期を迎えたマリオンは、報酬《ほうしゅう》としていくばくかの金《きん》子《す》を宿屋から受け取り、リヒトとともに王都へ向けて旅立った。徒歩で。意味が解《わか》らなかったかもしれないからもう一度繰り返そう。徒歩でである。

「馬車の手配が一台もできないなんて……こんなことってあるのかしら……」

「おひぃさまならありえましょう。というか、実際ありましたし」

「悪かったわね！」

つい今朝がたまで世話になった宿場町を後にした、王都へと続く街道。既《すで》に日は沈みかけ、今夜もまた野宿なのかと嘆くマリオンに対し、リヒトが隣を歩きながら笑顔でうんうんと頷《うなず》いた。夕暮れのオレンジ色の光の下で、王冠のように輝く濃金の髪の頭に思わず手を伸ばして叩《たた》こうとしたけれど、あっさり避《よ》けられてしまい、ぐぬぬぬぬぬと歯《は》噛《が》みする。手を振り被《かぶ》った勢いのままにまろんだ足が、足元をとっとっとっと軽い足取りで歩く子狐《こぎつね》、ウカにぶつかりそうになってしまい、慌《あわ》ててマリオンは体勢を立て直した。

「ごめんなさいね、ウカ。大丈夫？」

平気だと言わんばかりに、きゅう、と愛らしい鳴き声が返ってくる。ウカはこんなにも素直でかわいいのに、隣のこの青年ときたらちっともかわいくない。これでもマリオンは彼の主人であるはずなのに。

今朝がたまで滞在していた宿場町において、王都へ向かう馬車を手配できなかったのは、本当に痛手だったとつくづく思わずにはいられない。

いや、もちろん、努力はしたのだ。だが、とある馬車は既に予約でいっぱいだった。まず、これがほぼほぼだった。社交界シーズンだからと言っても限度というものがあるはずなのに。

それでもようやく、やっとの思いで次の馬車を見つけたと思ったら、マリオンが乗り込むなり、車輪が大きな音を立てて外れた。「そんなにお太りあそばしたんですか？」とリヒトに真顔で問いかけられ、マリオンは無言でその腹に拳《こぶし》を入れた。もちろんその馬車は修理に出されることとなり、使用することは叶《かな》わなかった。

続いて最後の綱として見つけたのは、宿場町でも高級すぎてなかなか乗り手がいない上流階級のための馬車。なけなしの路銀で、王都まで到着できなくても、運んでもらえるところまで運んでもらおうとしたのだが、マリオンを前にした馬がやたらと怯《おび》えまくり、馬車に乗せてもらえるどころの話ではなくなってしまった。

そうして最後の頼みの綱はぶっちぎれ、こうして徒歩で宿場町を発《た》つ羽目になったのである。

「これも《寛容》の聖爵家の因果かしら」

「さて、どうでしょうね。それよりもおひぃさま。そろそろ野宿の準備に入りましょう」

「ええ。いらっしゃい、ウカ。ご飯にしましょう？」

街道からわずかに逸《そ》れた木陰に、リヒトが敷物を敷き、宿場町で手に入れた野営用のランプに火を灯《とも》す。そこから、近隣から集めた木の枝に火を移して焚火《たきび》を作り、これまた宿場町で購入した保存食を火にかける。春の盛りと言えどもまだ夜は冷える。膝《ひざ》の上にウカを乗せ、干し肉をほぐしつつ口に運んでやりながら、マリオンはほうと溜息《ためいき》を吐いた。

「こんな調子じゃ、いつ王都に辿《たど》り着けるか解らないわ」

馬車であれば残り一週間程度で到着できただろうが、こんな風にちんたらと歩いていては、一体いつ愛《いと》しいアレクセイの元に辿り着けるだろう。ストレリチアス領を発ってから、宿場町に寄るたびに、王都に向けて現在地を記した手紙を出している。移動しているのだから返信などあるはずないのだが、それでも地図を確かめながら地名を記すたびに、少しずつ王都に、アレクセイの元に近付いていくのを感じるのが嬉《うれ》しかった。

けれどアレクセイはどうだろう。ほんのわずかずつしか近付いてこない婚約者のことをどう思っているのだろうか。そもそも手紙を出すたびに彼と男爵令嬢の噂《うわさ》もさんざん耳にするのだ。王都に近付くにつれてますます濃厚になっていくその噂に、マリオンとしては気が気ではない。

「っアレクセイ殿下！　私は……マリオン・ストレリチアスは、あなた一筋です！」

王都の方向に向かって叫べば、膝の上で干し肉にかぶりついていたウカが迷惑そうに身動《みじろ》ぎし、リヒトが半目で「お元気ですね」と吐き捨てた。

なんだかやるせなくなってきた。マリオンは今度こそウカの食事を邪魔しないように努めながら、トランクから、今までアレクセイより届けられた手紙の包みを取り出した。こんな気分のときの特効薬だ。

そっと丁寧《ていねい》に開いて目を通せば、それだけで身体《からだ》が疲れから解放されていくような気がした。なんてことのない言葉ばかりなのに、確かな気遣いが感じ取れる優しい言葉の連なり。

——王都でも暑い日が続いている。畑仕事は大変だろう。熱中症に気を付けて。

——今年は豊作だ。きみの食卓も満たされたものでありますように。

——マリオン、無茶だけはしないように。


はい、殿下。もちろんですとも。

マリオンは手紙に顔をうずめてくふくふと笑った。文面を諳《そら》んじれるくらいに読み返しても、いつだってなんともくすぐったく、気恥ずかしく、そして何よりも嬉しい。

マリオンが笑う振動が伝わったのか、ウカが顔を上げて手紙を覗《のぞ》き込もうと前足を伸ばしてくる。これはだぁめ、と言い聞かせて、改めて次の手紙に目を通そうとしたマリオンは、こちらに向けられる視線に大変遅れ馳《ば》せながらにして気が付いた。

「どうしたの、リヒト」

「いいえ、なにも」

「っていう顔していなくてよ？」

いつもの優美な笑顔から、不満と文句がたっぷりあります、という台詞《せりふ》が透けて見えている。言いたいことがあるならさっさとはっきり言ってほしい。リヒト、ともう一度呼びかけると、彼は綺麗《きれい》に整えられた髪をがしがしと乱暴にかいてから、それ、と、長く白い人差し指を向けてきた。その指先が示す先にあるのは、アレクセイからの手紙である。

「一度しかお会いしたことがないのでしょう？　手紙でしか知らないような相手のどこに惚《ほ》れる要素があるんですか？」

心底不可解だと言わんばかりの声音だった。言ってくれるものである。他人の恋路に口を出すなんて、馬に蹴《け》られたいのだろうか。

まあ言いたいことは解る。そうだとも。マリオンがアレクセイに出会ったのは、内密に婚約を結んだあの八歳のとある日だけ。あとにもさきにもあの一度きりだ。

いくらアレクセイが見目麗《うるわ》しい王子様であったとはいえ、マリオンが彼にここまで傾倒する理由なんてないだろう。そうリヒトは言いたいわけだ。

なるほどごもっとも。だがしかし。

「確かに一度きりだし、それ以上は手紙でしか存じ上げないお方だわ。でも、その手紙が理由にならないかしら？」

「なりませんね」

「ひどいことを言うのね」

「事実です」

むっすりと吐き捨てるリヒトに、マリオンは怒りを覚えるわけでもなく苦笑した。別に解ってほしいわけではない。他ならぬ自分こそが解っているのだからそれでいいのだと言ったら、この青年は怒るだろうか。

恋はするものではない。落ちるものだ。そこに理由なんて必要ない――とまでは言わない。一応、理由はあるにはある。どうせ馬鹿にされるだろうからと今まで黙っていたけれど、なんとなく今なら言ってもいい気がした。

「『金色の王子様』」

「はい？」

「絵本のタイトルよ。私の憧れなの」

内容としては、王道そのものの絵物語だ。輝かしい金色の髪を持つ王子様が、呪いをかけられたお姫様を救うために、二人は手を取り合って冒険の旅に出る。道中さまざまな困難に見舞われながらも、いつだって王子様はお姫様を助け、守り抜き、そうしてとうとう彼は、呪いから解放されたお姫様とハッピーエンドを迎えるのだ。

たったそれだけの物語だけれど、マリオンは幼い頃からこの『金色の王子様』という絵本が大好きだった。

呪われた聖爵家に生まれた自分の元にも、いつか王子様がと憧れた。でもそんなもの、夢物語に過ぎない。

そうして引き合わされたのが、アレクセイ・ローゼスという、金髪碧眼《へきがん》の、本物の『金色の王子様』。

「最初は憧れだったわ。遠い世界の人だった。けれど、この手紙を読んでいたら、同じ世界を見てくれる人だと思ったの」

マリオンからのたわいない手紙に、いつからかアレクセイは真摯《しんし》に返信をくれるようになった。嫌味やあてこすりなんかじゃない、下手《へた》なぐさめでもない、ただただ優しく労《いた》わってくれる手紙だった。アレクセイが手紙をくれるマリオン・ストレリチアスは、〝災厄令嬢〟ではなく、普通の女の子だった。お姫様に、なれたような気がしたのだ。

きらきらと輝く魔法をマリオンにかけてくれた金色の王子様に、どうして恋に落ちずにいられたというのだろう。気付いてしまったらもう駄目《だめ》だった。恋に、落ちていたのだ。だからこそ、婚約を公表するために王都に来てほしいという言葉に胸が躍《おど》ったし、だからこそ男爵令嬢との恋の噂に胸が痛んだ。そうして、確かめなくては、と、そう、思った。

「金髪だったから、余計にかしら？」

手紙をなぞりながら、「まさしく『金色の王子様』でしょう？」とマリオンは嬉しそうに顔をほころばせる。リヒトは何も言わず、ただこちらを見つめてくるばかりだ。まだ何かあるのかと視線で促《うなが》すと、「じゃあ」と彼はその大輪の花のようなかんばせから笑みを消した。

「金髪なら誰でもいいのなら、俺でもいいんですか？」

「え、嫌よ」

それとこれとは話が違う。マリオンは、アレクセイがアレクセイだから恋に落ちたのだ。ここでなんでリヒトを引き合いに出さなくてはならないのだろう。意味が解らない。

だからこその即答だったわけだが、リヒトはその即答がとてもとてもとてもお気に召さなかったらしい。チィッ！　と盛大なる舌打ちの音が聞こえてきた。薄暗くなってきた中で、焚火に照らし出された凄絶《せいぜつ》なる美貌は、びっくりするほど凶悪である。

「リ、リヒト？　どうしたの？　それに、さっき、『俺』って……」

「気のせいです。それよりも、ほら、スープができましたよ」

「あ、ありがとう」

気のせい？　気のせいか。確かにそうかもしれない。だってリヒトの表情は、もういつも通りの優美な笑顔だから。そうだ、気のせいなのだろう。なんとな～く座りが悪くなってきたので、気のせいであるということにしよう。

それよりも、いつの間にかリヒトが火にかけてくれていたスープだ。保存食であるソーセージや日持ちのする野菜が詰め込まれたスープは、なんならストレリチアス領で食べていた食事よりも豪華かもしれない。ここまで徒歩でやってきて、お腹《なか》はもうぺこぺこだ。

「いい匂い！　嬉しい、おいしそう」

空腹という最大の調味料がなくても十分すぎる本日の夕食に笑み崩れるマリオンの手に、いざスープの器が渡ろうとしたそのとき、何故か多数の馬の蹄《ひづめ》の音が近付いてきた。

「いた！　見つけたぞ！」

「え」

「あ」

ぱしゃん。スープの器がひっくり返る。木陰に陣取っていたマリオン達の周囲を、馬と、その馬に乗っていた人々が囲んだ。高らかなる馬のいななき、重なる地響き、舞い上がる砂ぼこり。焚火の上にかけられていた鍋が、乱暴に蹴り上げられる。がしゃーん。からからから。盛大な音を立てて鍋は宙を舞い、ほかほかのスープを撒《ま》き散らし、むなしく地面を転がった。

シャー！　と、ウカがマリオンの膝から飛び降りて、全身の毛を逆立てる。

「手間ァかけさせやがって！　さあ、まずは金目のものをっ⁉」

突如《とつじょ》襲い来た集団――もとい、どう見てもその辺のチンピラの集まり、つまりは野盗にしか見えない男のうちの一人の腹に、マリオンが鋭くぶん投げたパラソルの先が突き刺さる。身体を直角に折って地面に膝をつく男に、周りがどよめいた。そして倒れ伏す男の代わりに、マリオンがゆっくりと立ち上がる。

そのまま、すたすたすた、と、倒れている男の側《そば》までためらうことなく歩み寄り、男に手を差し伸べ……ることはなく、その側に落ちたパラソルを拾い上げる。

ギンッ！　と、マリオンの銀灰色の瞳が、獲物を前にした獣のごとくぎらついた。

「私の！」

「がっ⁉」

俊敏な動きで地面を蹴ったマリオンは、両手でパラソルのハンドルを掴《つか》み、振り向きざまに手近なところにいた野盗の一人の頭を殴りつける。その身体が吹っ飛び、仲間達数人を巻き込んで倒れた。

「お夕飯に！」

「ぐふっ⁉」

ようやく事の次第を理解し始めた野盗達は、それぞれ臨戦態勢に入る。だが、遅い。まるでワルツのステップを踏むかのように、次々に襲い来る男達のナイフや剣、そして拳をかいくぐり、確実にパラソルを彼らの急所にめり込ませる。

「なんってことするのよこの馬鹿ああああああっ‼」

「ぎゃああああああっ‼」

ものの数分もかからずにすべての男達を地面に叩《たた》きつけたマリオンは、ぜーはーと肩で息をしながら、くっ！　と目尻に浮かんだ涙を乱暴にぬぐった。

「私のお夕飯……！」

おかわりしようにも、鍋ごとひっくり返されてしまってはどうしようもない。どんな旅路であろうとも大丈夫だとドワーフに太鼓判を押された丈夫なブーツ、その岩をも砕く硬いヒールで、襲ってきた男達をぐりぐりと踏みつけつつ、テキパキと縛り上げる。ちなみに男達が乗っていた馬は気付けば皆散り散りになっていた。貴重な足を逃がしてしまったことが悔やまれる。

はあ、と溜息を吐いていると、ぱちぱちぱち、となんとも間の抜けた拍手の音が聞こえてくる。じっとりとそちらを見遣《みや》れば、予想通りいつもの優美な笑みで、リヒトが白い手をこれみよがしにゆっくりと打ち鳴らしている。

「流石《さすが》僕のおひぃさま。ご立派なお姿です」

「なにそれ嫌味？」

ケンカなら買うわよ、と吐き捨てると、おおこわい、とわざとらしく使用人であるはずの青年は、その美貌を歪《ゆが》めてみせた。

「小僧っ子が怯えていますよ。ねぇ？」

気付けばその背後でびくびくと小さな身体を震わせていた子狐を、リヒトは無理矢理両手で取っ捕まえて眼前まで持ち上げた。きゃん！　と全身で抗議をあらわにする子狐の姿に、マリオンは慌ててパラソルを下ろして、リヒトの手から小さな家族を奪い取った。

「ごめんなさい、ウカ」

ごはんを前にするとついつい冷静さを欠いてしまっていけない。きゅうん、と擦《す》り寄ってくる愛らしい姿に、ささくれだっていた心が穏やかに凪《な》いでいくのを感じる。

つんつんと縛り上げられて地面に転がる男達を涼しい顔でつつく青年を睨《にら》み付けつつ、マリオンはそのつつかれている男達を見回した。

どう見てもまっとうな職業に就《つ》いている輩《やから》には見えない。となれば町役場や騎士団駐屯所に突き出してやればある程度の褒賞金《ほうしょうきん》が期待できるのだが、生憎《あいにく》現在地は町から遠く離れた、実に中途半端な位置である。これも現世において唯一残されし聖爵家の因果だというのだろうか。

「これも愛の試練なのよ、マリオン……！」

「随分物理的かつ即物的な愛の試練ですね」

「～～もう先に寝るわ！　焚火の番はもちろん交代するから、頃合いが来たら起こしてね」

相手にするからいけないのなら、相手にしなければいいのだ。敷布の上にすとんと腰を下ろし、ウカを抱えて横になろうとすると、その直前で、待った、と言わんばかりに、目の前に器が差し出された。

「お眠りになる前に、こちらを」

「え？」

「僕の分は無事でしたから。どうぞ。おひぃさまよりも燃費がいいですし、肉体労働派のおひぃさまが食べる方が効率的でしょう」

「……」

若干《じゃっかん》どころでなく腹立たしいことを言われている気がした。だが、その苦笑を見てしまったら、何も言えなくなってしまった。なんとも呆《あき》れ果てたような、それでいて何故か面映《おもは》ゆげな、なんとも言いがたい笑い方。そして、押し遣られるままに受け取ってしまった器。くんくんと膝の上のウカが匂いを嗅ぐ。つられてマリオンも改めてその匂いを嗅ぐと、空っぽのお腹がぐうと鳴いた。

「ほら。おひぃさま、お腹の虫様がお待ちですよ？」

からかい混じりの言葉に、ぐっと息を飲む。ひどい。そういう言い方をされたら、マリオンが「解ったわよ！」とでも言って、スープをかき込むとでも思っているのだろう。確かにそうだ。十七歳のマリオンだったらそうしていたに違いない。けれど、今のマリオンは十八歳。成人した、立派なレディであるわけで。

「──じゃあ、はんぶんこね」

地面に転がる空になってしまった器を拾い、砂ぼこりを払ってから、スープを半分移す。はい、と今度はマリオンが器を差し出すと、リヒトはまた、またしても、変な顔をした。この旅に出てから、以前よりも格段と目にするようになった、優美というよりも凶悪と呼ぶ方がふさわしい、なんとも『変』な顔。

「……命令ですか？」

「これは命令じゃなくてお願いのつもりだけれど、あなたがお望みなら命令にするわよ？」

「それ、脅《おど》しですよ」

「失礼ね」

純然たる好意に対してなんて言い方だろう。むう、と唇を尖《とが》らせれば、くつくつとリヒトは喉を鳴らし、「ありがとうございます」とマリオンの手から器をさらっていった。その後を追いかけるウカを手元に引き寄せる。膝の上に乗せると、大人《おとな》しくウカはそのまま丸くなった。

「それじゃあ、いただきます」

「いただきます」

そうしてようやく始まった夕食の時間は、驚くほど穏やかにすぎていった。まあ周りには不《ふ》埒《らち》なる野盗（仮）どもが転がり、穏やかとはほど遠い状況ではあったのだけれども。

＊＊＊

また三日経過した。行程は穏やか——とは、まったく、ちっとも、これっぽっちも、言いがたいものだった。

三日間連続の野宿についてはもう文句は言うまい。こうなることは最初から解っていた。地図上の距離を鑑《かんが》みても、最初から「軽くこれくらいは」とリヒトに片手をぱーにしてひらひらと振られた時点で解っていたことだ。だからその件については最初から諦《あきら》めていたのだが、問題は他だ。

「～～なんっでこんなに襲われるのよ⁉」

つまりはそういうことである。マリオンの悲鳴混じりの怒鳴り声に対し、答える声はない。まともな返答の代わりに、鋭い刃が振りかざされる。そのまま一気に襲ってきた両手剣の刃を、パラソルで受け流し、マリオンは隙《すき》ができた脇腹にその先端を突っ込んだ。

こうして手にかけた名も知らぬ野盗は何人目だろう。正確には野盗ではないのかもしれないが、この道中において理由も語らず襲ってくる相手にわざわざ他にそれらしい名称もなく、結局マリオンは総じて彼らを〝野盗〟と呼び、かたっぱしから叩きのめしてはそのまま放置するのを繰り返している。

ぐふっと呻《うめ》きながら倒れる男の背に足をかけ、その背後で弓を構えていた男の顔に硬いブーツのつま先をめり込ませる。よし、あと一人。

「おひぃさま、馬が確保できました」

「でかしたわリヒト！」

頭脳労働派と言いっつ流石にこの三日の襲撃率には彼なりに思うところがあったらしい。ちゃっかり野盗が乗ってきた馬を二頭、リヒトはその白い手で宥《なだ》めている。最後の一人の脳天にパラソルを叩き落として、マリオンはグッと親指を立てた。

「ウカ、出ていらっしゃい。一緒のお馬さんに乗りましょう？」

木陰に隠れる家族を呼ぶと、彼はとてとてと嬉しそうに駆け寄ってくる。節約を重ねた道中、あまりいいものを食べさせてやれなかったが、これで今夜はたっぷり好きなものを食べさせてやれる。そう思うと自然と笑みがこぼれる。


――その、油断がいけなかった。


「っおひぃさま！」

「え？　あっ⁉」

抱き込まれるようにして引き寄せられる。なにを、と思ったのも束《つか》の間《ま》、ぬるりとした生温《なまぬる》い何かが指先に触れた。

「――――リヒト？」

長身の彼が、自分にもたれかかるようにして覆《おお》いかぶさってくる。マリオンを狙ったはずがリヒトによって阻《はば》まれた男は、「くそっ！」と吐き捨てた。全員確実に仕留めたつもりが、狙いが浅かったらしいことにマリオンは遅れて気付くが、文字通り、何もかもが遅かった。男はナイフを投げ捨て、リヒトが確保していた二頭の馬のうちの一頭を奪って逃げていく。けれどそんなことに構っている余裕なんてない。

「リヒト、リヒト、しっかりして！　なんて馬鹿なことっ！」

一緒になって崩れるようにしゃがみ込みながら、マリオンは青ざめた顔でリヒトが負傷した脇腹を覗き込もうとする。けれどそうして俯《うつむ》かせた顔を、乱暴に片手で掴まれて、無理矢理持ち上げられた。

え、と銀灰色《ぎんかいしょく》の瞳を瞬《またた》かせるマリオンに対し、吐息すら触れ合いそうな位置で、切れ長の濃金色の瞳が剣呑《けんのん》な光を宿す。

「……あァ？」

とんでもない、それこそ信じられないくらい低音の声で、ただの使用人でしかないはずの青年は、唸《うな》るように続けた。

「僕が、俺、が、貴女《あなた》を庇《かば》うのが、そんなに、馬鹿なことだって？」

「え、え」

だってリヒトは、本人曰《いわ》く『頭脳労働派』で。ならばマリオンの方が強くて丈夫なはずだ。

たとえ傷を負ったとしても、なんてことはない。そもそもこうして野盗に襲われ続けているのは、どう考えたって《寛容》の聖爵家の因果だろう。リヒトは巻き込まれただけだ。

「ふざけんなよ」

それなのに。

「俺、は、俺が、どんなおもい、で……」

それなのにリヒトは、どうしてそんなにも、悔しそうな、悲しそうな、切なそうな顔をするのだろう。

呆然《ぼうぜん》と固まるマリオンの顎《あご》を掴んでいた白い手から、そうして、いよいよ力が抜ける。ぱたりと地面に落ちた手に、ひゅっと息を飲んだ。

「リヒト!!」

じわじわとリヒトの脇腹から赤がにじむ。流れ落ちる赤とともに、命が流れ落ちていくかのようだ。

――ぞっとする気分だった。

そうしてそのままどうしていたのか。随分と長く、座り込んでいた気がした。きゅうんと心配そうに膝に擦り寄ってくる小さなぬくもりに、やっと呼吸ができるようになる。

「ええ、ウカ。大丈夫よ。私、ちゃんと解っているわ」

だいじょうぶ？　と問いかけてくるどんぐりのような瞳に、初めて自分の目に涙がにじんでいることに気付かされた。それから、血に濡《ぬ》れた手では、ありがとう、という気持ちを込めてその小さな頭を撫《な》でようとしたとしても、叶わないことにも。

　ぐっと唇を噛み締めて、乱暴に顔をぬぐう。顔が血で汚れたのが解る。構わない。泣く前に、すべきことがあるのだから。

　まずは意識のない青年の身体を地面に横たえる。手首で脈を確認し、微弱ながらも確かにそこに拍動があることを感じ取る。だがここで安心するわけにはいかない。脇腹の負傷は深い。深々とナイフが突き刺さったのだから当たり前だ。地面に広がっていくばかりの赤に改めてぞっとしながら、邪魔な衣服をはぎ取った。

「だめだわ、たりない」

　手持ちの包帯だけではこの出血を止めるのは無理だ。もっと面積の大きな布がいる。成人男性の上半身に巻き付けるに足るだけの布なんてそうそうこんなところでは……。

「っそうだわ！」

　地面に放り出されていたトランクを引き寄せて開ける。その中で、大切にしまわれていた包みを取り出す。

　薄布をほどいて現れたのは、今日まで取っておいた純白のドレス。

王都における社交界デビューのための、とっておきのドレスだ。財政難が続くストレリチアス家だが、それでもこれだけはと、叔父《おじ》であるシラノが用意してくれたものだ。「これで胸を張って殿下の前に立てるだろう?」と微笑《ほほえ》んだ叔父の胸に飛びつき、その頬にキスをしたことが、まるで昨日のことのように思い出される。

——ごめんなさい、叔父様。

ためらいなくドレスに手をかけた。びりりと大きく、スカート部分を引き裂く。

「リヒト、しっかりして。こんなところで寝ている場合じゃないのよ。あなたには、私の艶姿《あですがた》を叔父様に伝えるっていう、大切な役目があるんだから」

こんなところで大人しく脱落するほど素直な性格だったとしたら、きっと、マリオンのことなんて庇いもせずにさっさと一人で逃げていたに違いない。このリヒトという使用人は、そういうところでいつもかわいくない、極めて優秀な、優秀すぎる使用人だ。

「これで、よし! あとは馬ね!」

ひとまずの血止めはこれでいい。ならば次。幸いなことに、恐々とした様子でありながらも、リヒトが確保してくれていた馬がすぐそこで待っている。乗馬は得意だ。というか身体を動かすたぐいのことに関しては大抵《たいてい》得意である。自分の身体能力につくづく感謝して、長身の青年の身体を背にかつぎ上げる。

「うぁっ!? お、おも……」

ぐらりと足元がおぼつかなくなる。だが、マリオン・ストレリチアスは、伊達《だて》に『災厄令嬢』だなんて呼ばれてはいないのだ。ダンッ！　と地面を踏み直す。こんなところで転んでなんかやらない。たとえ転んだとしても、人生とは七転び八起き。「いやだからおひぃさまの場合は七転八倒でしょう」ときっと背中の青年は言うだろう。上等だ。八回転んでも、九回立ち上がればマリオンの勝ちだ。

余ったドレスの布でリヒトの身体を自身の身体に結わえ付け、パラソルとトランクを手にとって、マリオンは無理矢理馬に乗った。

「ウカ！」

呼びかけると、小さくも賢いマリオンの家族は、心得たようにひとっとびでマリオンの前に飛び乗った。流石だ。それでこそ、ストレリチアス家の嫡男《ちゃくなん》として迎えるにふさわしい。

「行くわよ！」

馬の腹を蹴る。高らかないななきとともに、馬が一拍遅れて地を蹴った。

背中に背負ったぬくもりが、徐々に失われていくのを感じる。怖い。怖くてたまらない。けれど恐怖に怯えている暇《ひま》があるならば、一分でも一秒でも速く、一歩でも前へ。

そしてマリオンとリヒト、ウカを乗せて街道を駆けた馬は、夜になる頃には最寄りの町に辿り着いた。だがその代償として、馬は唾を撒《ま》き散らして町の前で崩れ落ちる。その背からリヒトを背負ったままウカとともに降りたマリオンは、そっと馬の顔を撫でた。

「ごめんなさい。ありがとう」

無茶をした。無理をさせた。謝罪と労《ねぎら》いを込めて馬の額《ひたい》に唇を寄せ、馬具を取り外してやる。申し訳ないが、これ以上この馬にしてやれることはないし、している時間は許されてはいない。

「ウカ、私のスカートの下から出ちゃだめよ。気付かれないようにね」

町中で狐の姿を見られたらそれなりに厄介なことになることくらい理解している。きゅん、とお利口に頷く子狐に「いい子」と笑いかけ、マリオンはリヒトを背負い直した。馬を走らせているうちに血止めがずれたのか、じわりと背中が濡れる感覚がある。

震えそうになる足を奮い立たせ、前を向く。目の前に広がるのは、春の夜の盛りを迎える宿場町だ。この町も花街として栄えているらしく、あちこちから男女を問わない声をかけられるが、当然すべて無視だ。一直線に、医師が常駐している証《あかし》である、杖《つえ》に双頭の蛇が巻きつく姿が描かれた看板が下がる宿を目指す。

息が切れる。もう汗だくだ。自分の足がこんなにも重いだなんて思わなかった。けれど今はその重みこそ、決して失うわけにはいかないもの。

「――――見つけた！」

ようやく見つけた目当ての看板が下がる宿の扉を、倒れ込むように開ける。

「急患なんです！　お願い、お願いだから……っ！」

リヒトを、助けて。そう続けるはずだったのに、言葉にならなかった。ほこりっぽい空気を一気に吸い込んだせいでむせてしまう。そのまま何度もごほごほとむせ、リヒトごと座り込むマリオンの前に影が落ちた。

「こりゃあ確かに急患のようだな。しかも狐憑《つ》きときた」

「あ……」

宿の主人と思われる老齢の男性だった。彼の視線の先には、マリオンのスカートの陰から顔を覗かせるウカがいる。狐憑き、という言葉に舌が絡《から》んだ。それは狐を忌《い》む言葉の代表格。どうしよう。断られるかも。いいや、断られたとしても、諦めない。土下座だってなんだってする所存だ。

そんな決意を込めて男性を見上げると、彼はふむ、と一つ頷いて、マリオンに手を伸ばした。びくりと肩を震わせたマリオンの身体にかかっていた荷重がなくなる。

は、と息を呑んだ。気付けばほどけていた腰ひも。男性は、軽々とリヒトをかつぎ上げ、「ついてきな」と一言告げた。その一言に、今度こそマリオンは本当に、全身から力が抜けた。気を抜けばぼろぼろと泣き出してしまいそうだったけれど、まだだ。まだ、泣くには早い。

＊＊＊

「後は寝かしとけ。安静にな」

「は、はい。ありがとうございました」

深々と頭を下げると、足元のウカもそれをまねてちょこりと頭を下げた。一人と一匹のめいっぱいのお礼に、まさかのエルフの血混じりであるという宿の主人兼医師は、軽く肩を竦《すく》めて、部屋を出ていった。ぱたん、と扉が閉まるまで頭を下げ続けたマリオンは、そうしてようやく、背後のベッドを振り返った。

「よかった……」

ベッドには、リヒトが静かな寝息を立てている。当初よりも格段によくなった顔色にほうと息を吐いて、そのベッドサイドの椅子にマリオンは身体を預けた。

「ああもう！　肝が冷えたわ。あなたもお疲れ様、ウカ」

きゅう、とお行儀よく返事をくれる子狐の頭を撫で、宿の主人が「その子狐に」とわざわざ置いていってくれたソーセージを差し出す。ぱあっと嬉しそうにソーセージにかぶりつくウカに笑みをこぼして、マリオンはベッドに頬杖をついた。

「ほんっと、腹立つくらいに綺麗な顔ね」

つん、と指先で白い頬を突《つつ》く。滑らかで柔らかく、そして何より、あたたかい。つん、つん、つんつんつん、と幾度となく突く。ぴちぴちの張りのあるお肌がうらやましい。

「――――その辺にしていただけませんか？」

「きゃっ⁉」

がしりと指先を掴まれて、思わず身体を竦《すく》ませた。は、とそちらを見遣れば、薄目を開けたリヒトが、じっとこちらを見つめている。え、あ、と、口ごもるマリオンに溜息を吐いてから、彼はよろよろと上半身を起こした。

「リヒト!? だめよ、安静にしてなきゃ。お医者様だってそう仰《おっしゃ》って……」

慌てて押しとどめようとしたのだが、じろりと濃金の瞳に睨み付けられ、またしても言葉が出てこなくなる。何故だか怒られているような気分になった。いいや、気分、ではいけない。リヒトはマリオンに怒る権利がある。リヒトがこんなにも重症を負ったのは、マリオンが油断したからだ。どんな嫌味も罵声《ばせい》も受け入れよう。そう覚悟を決めて縮こまると、美貌の青年はそんなマリオンをしばらく見下ろしてから、やがて深々と溜息を吐いた。

「な、なぁに」

何が何だかよく解らないが、とにかくとても不機嫌そうである。傷がそんなにも痛むのだろうか。だとしたらやっぱり一刻も早く再び横になるべきだ。そうマリオンが促そうとしたのを感じ取ったかのように、リヒトは横になるどころか、そのままベッドから降りようとした。

「ちょっと!?」

その肩を掴んで止めるマリオンの顔を、濃金の瞳がじろりと睨み付けてくる。負けじと睨み返せば、「この宿ですが」と彼は低く口火を切った。

「無事に部屋が取れたんですか？　まさかとは思いますが、とんでもない代金を突き付けられたりなんてしていませんよね？」

「それは大丈夫よ。ちゃんと良心的なお値段で交渉を成立させていただいたわ。一部屋しか空いていない分、ちゃんとお値引きも……」

「は？」

「え？」

何故ここでそんなおかしな顔をするのだろう。何もおかしなことなど言っていないはずだ。

「……参考までにお聞きしますが、このまま僕がベッドで寝るとして、おひぃさまはどこでお休みになるおつもりで？」

「ええ？　もちろん床だけれど」

当たり前ではないか。それがどうかしたのだろうか。

何も問題ないはずなのに、やっぱり何故だかリヒトは、またしても何故か、怒りとも呆れともつかない、なんとも複雑な、変な顔をしていた。

「リヒト？」

「これまで、あれだけ僕と同室になるのを拒んでおいて、一体どういうおつもりですか。王太子殿下の婚約者たるストレリチアス家令嬢が、使用人の男と二人きりの旅の道中で一夜をともにするなんて、とんだ醜聞《しゅうぶん》ですよ」

「それ、あなたが今更《いまさら》言うの？」

今までさんざん「僕と同室でも構わないではないですか」などと誘いをかけてきたのはどこのどいつだ。そのたびに、確かに今までマリオンはリヒトと同室になるのを拒否してきた。

だが、それはその必要がなかったからだ。いくら容体が落ち着いたとはいえ、いつまた急変するか解らないリヒトの様子を見守るためにも、今夜は彼の側にいる必要がある。身体を起こせるほど回復し、血の気が戻《もど》ったとしても、それでもまだ青ざめているようにすら見えるほど白い、不健康な顔色。放っておけるわけがない。

「いいから、あなたはとにかく横になって。まだ本調子じゃないくせに、無理をするものではないわ……って、私の話聞いていていて!?」

「聞いてます聞いてます」

「だったらなんでベッドから降りようとしているのよ！」

ふらつきながらもベッドから降りようとするリヒトの身体を、マリオンはとうとう抱き着くようにして押し返した。リヒトの身体が腕の中で何故か固くなった。理由は解らないが好都合である。そのままぐいぐいと押し返し、傷のせいでなかなか身体の自由が利《き》かず、うまく抵抗できないでいるらしいリヒトの身体を、ほとんど無理矢理ベッドに横たえさせる。

「はい、おやすみなさい。眠れないって言うんなら、子守歌でも歌いましょうか？」

にっこりと駄目押しのように笑いかける。これで決まりだ、というつもりだったのだが、リヒトは諦め悪く身動ぎし、大層悔しそうにこちらを睨み上げてくる。

「それで、このままおひぃさまは床でお眠りに？」

「ええ。野宿と似たようなものだわ。気にしないでちょうだい」

胸元ではいつものようにウカが一緒に寝てくれるだろうから、寒くなる心配もない。だからもういい。もういいのだ。頼むからもういい加減諦めて、とにかく休んでほしい。これ以上無理なんてさせたくないのだから。

そんな思いは、すがるような光になってマリオンの銀灰色の瞳に宿っていたらしい。じいとこちらを見上げていたリヒトは、天井を見上げて、はあああああ、と、先程《さきほど》よりももっとずっと大きく深い溜息を吐いた。そして、彼は掛け布団を持ち上げる。

「どうぞ」

笑顔で手招かれる。青白いかんばせに無理矢理浮かべられたその笑顔は、余裕ぶっているようでいたけれど、マリオンの目からしてみれば、やせ我慢をしているようにしか見えない。そんな彼が、布団をめくり、「どうぞ」とはこれいかに。

どうしていいのか解らず戸惑うばかりでいると、焦《じ》れたようにリヒトは、身動ぎをして身体をベッドの片隅に寄せ、ぽんぽんと、空いた自らの隣を叩いた。

「お入りください。いくら僕が怪我《けが》人であるからとはいえ、おひぃさまを床で眠らせるわけにはいきません。一緒に寝ましょう」

「な、なに言って……っ!?」

カッと顔が赤くなるのを感じた。同じ部屋で一晩をすごせば醜聞になるだなんて抜かしておいて、同じ口でよくもまあ「一緒に寝ましょう」だなんて言えたものだ。動揺のあまりふるふると全身を震わせるマリオンに、リヒトは笑みを深める。

「一緒に寝てくださらないのならば、僕はこの部屋から出ていきます。おひぃさまにどうお願いされようと、たとえ命令であろうと、絶対に従いません」

どうしますか？　とリヒトは笑う。ずるい。ひどい。そんなことを言われてしまったら、もう自分はどうすることもできない。

「～～解ったわよ！」

こうなればヤケだ。リヒトの怪我はマリオンのせいなのだから、きちんとその罪は償わなければならない。一晩一緒に眠ることくらいなんだ。もう四年の付き合いになる使用人と一緒に眠ることくらい、なんてことはない。そう決死の思いでベッドに片膝をかけると、きょとんとリヒトの濃金の瞳が瞬く。

「あの、おひぃさま」

「なによ」

「まさか本当に、僕と眠るおつもりなんですか？」

「そうよ。文句があって？」

「いえ、文句と言うか、その、まさか本当に受け入れてくださるとは思わず」

「はあ!? 馬鹿にしているの?」

「そういうわけでは」

ないのですけれど、と、自分で提案しておきながら、本当に心底驚き戸惑った様子で視線をさまよわせるリヒトに、いい加減堪忍袋《かんにんぶくろ》の緒《お》が音を立ててブッチ切れた。

「ほら! 詰めて!」

「……承知致しました」

マリオンにぎっと睨み付けられたリヒトは、やはり納得できていない様子ながらも、促されるままに身体をさらに奥へと寄せた。その後に続いて、ベッドに乗り込み、リヒトの隣に身体を滑り込ませる。

いつの間にかソーセージを食べ終えたウカが、続いてぴょんっと足元に飛び乗りそのまま丸くなるのを感じつつ、マリオンは大人しくリヒトに身を寄せる。

「ほんっとうに、僕のおひぃさまときたら……」

この上更に文句があるのか。どうせ私は災厄令嬢よ、と、マリオンは寝返りを打ってリヒトに向き合う。そして、息を呑んだ。

「仕方のない、お姫様だよなァ」

そこにあったのは、信じられないほど美しい笑顔だった。どんな蜜もかくやと言わんばかりに、濃金の瞳が甘くとろけてマリオンのことを見つめている。

視線も、言葉も、何もかも奪われて硬直するマリオンの腰に、リヒトの長い腕が回される。

ちょっと⁉　と、ぎょっと目を剥《む》くこちらのことになど気付いてもいないのか、リヒトの腕に力が込められ、そのまま抱きすくめられる。動けない。

抗《あらが》うこともできずにただリヒトの腕の中で固まり続けるマリオンの耳に、やがて健《すこ》やかな寝息が聞こえてきた。

「……リヒト？」

ささやくような呼びかけに対する返事はない。どうやらリヒトは完全に寝入ってしまったらしい。そう気付いてから、やっと、ようやく、マリオンは強張《こわば》っていた身体から力を抜いた。

「心臓に悪いわ」

何がって、何もかもがだ。どきどきと高鳴る胸をごまかすようにそう呟《つぶや》いて、こちらに向けられているリヒトの寝顔を見つめる。

思えば、こんなにも美しい青年が、一介の使用人の座に収まっているなんて、不思議なこともあるものだ。改めてそう思わずにはいられない。

この美しい青年と出会ったのは、四年前のことだ。マリオンは、当時既に『災厄令嬢』としてその名を馳せていた。同じ血を引く叔父、ストレリチアス家の当主であるシラノとともに、日々擦り減っていく財産に頭を抱えつつすごしていたある日、この青年、リヒトは現れた。

――雇っていただきに参りました。

畑仕事の最中であったため、土だの肥料だの雑草だので汚れた姿で出迎えたマリオンに向かって、美貌の青年はそう言って優雅に微笑んだ。その年、十八となり、成人を迎えたのだという彼は、ぜひともストレリチアス家で働きたいと言ってきたのである。

すわ、天変地異の前触れかと思った。

悪いことは言わないからやめておけと、マリオンは必死になって彼を説得した。しかし彼は決して説得を受け入れず、「給料は出世払いで構いません」とまで言ってのけたのである。いやいやそういうわけにはいかないだろうとそれでもなおマリオンは止めた。

だが、結局、「そこまで言ってくれるのなら」と、当主であるシラノが先に彼を受け入れてしまったのだ。こんなところでまでお人好しぶりを発揮しなくても、と慌てるマリオンに、青年はにっこりと優美に微笑んで、「よろしくお願いしますね、おひぃさま」と告げた。

以来、濃金の髪と瞳を持つ美貌の青年、リヒトは、ストレリチアス家の唯一の使用人となった。そう、なったはいいのだが、思い返してみるに、彼が使用人らしいことをしているところなど、片手の指の数程度しか見たことがない気がする。

家事の一切は相変わらずマリオンが取り仕切っていたし、畑の世話だってやっぱりマリオンの役目だった。彼がまともにこなしている仕事と言えば、郵便の受け取りくらいであったのではなかろうか。

ろくな給料が払えないことを当初は詫《わ》びたものの、その必要はなかったのではないかと今ならば思う。

――でも。

そういえば、と、ふと思い返してみれば。リヒトがやってきてからというもの、本当の意味で困窮することはなくなった、のではなかろうか。

持ち前の災厄体質で、畑の作物をダメにしたときには、リヒトがその美貌を武器に、周辺住民から農作物や畜産物を貢《みつ》いでもらって……もとい、分けてもらってきてくれた。シラノがまた騙されそうになったときには、その達者な弁舌でもって詐欺師《さぎし》を退けてくれた。

いいや、叔父ばかりではない。彼のお人好しぶりには常々胃痛を感じているが、自分だって金策に敏《さと》いわけではない。叔父と同様に、よからぬ輩に騙されかけたことは一度や二度ではないのだ。けれどそんなとき、マリオンを助けてくれたのは。

「……」

目の前の寝顔を見つめる。穏やかな寝顔だ。まるで絵物語に出てくるエルフのように美しい彼に、リヒトに。マリオンは、いつだって助けられてきた。今日だってそうだ。いつだって。

「助けられて、ばっかりだったのね」

今更すぎることにようやく気付かされる。どうして気付かなかったのだろう。気付こうとしなかったのだろう。助けられることが当たり前だと思うようになっていた自分が恥ずかしい。こうやって恥ずかしいと思うことも、もしかしたらできなくなっていたのかもしれない。マリオンが何も知ろうとしないままに、リヒトはその命を落としていたかもしれないのだ。

「あなたが、無事で。本当に、本当によかった」

万感の思いを込めた呟きとともに、マリオンは目を閉じた。あたたかなぬくもりに包まれて、眠りの波はすぐに意識を飲み込んでいく。

——そうして、気付いたらマリオンは、ストレリチアス家の中庭に佇《たたず》んでいた。

小さな手と足。低い背丈。幼いマリオンは、七歳だ。両親が訪問先の辺境から帰還する途中に事故で揃《そろ》って天の国に旅立ってから、しばらく経《た》った頃のことか。ストレリチアス家当主の座に就いたばかりの叔父は、その身辺整理や事務処理に追われて忙しく、自分はいつも一人だった。その日も同じだ。災厄令嬢と遊んでくれる相手なんているはずもなく、幼いながらに中庭の畑の世話をしようとしていた。いつも静かな中庭が、その日だけはいつもと違っていた。

「だぁれ？　なにしてるの？」

幼い問いかけに返ってきたのは鋭く低い唸り声。きょとんと瞳を瞬かせるマリオンの視線の先、畑の真ん中には、一匹の獣がいた。痩《や》せこけた狐だった。畑の作物をこれでもかと荒しまわってくれた犯人は、濃金の瞳をぎらつかせながら幼いマリオンのことを睨み付けていた。大の大人すら怯えるであろう大きさの、レジナ・チェリ国において忌まれるべき獣を前にしても、何故だか当時のマリオンはちっとも怖くなかった。むしろ、何故だろう。狐の方がよっぽど何かに怯えているように見えた。

「おなかが空《す》いているのね！　私ね、おいしいもの持っているのよ」

にっこりと笑ってワンピースのポケットから取り出したのは、その日のおやつであるビスケットだった。こっそりとっておいて、後で食べようと思っていたものだった。けれど自分よりも狐の方がずっとお腹を空かせているようだったから、ためらいはなかった。マリオンがビスケットを差し出すと、狐は歯をむき出しにしてさらに唸った。それでもやっぱり怖くなくて、ひょいひょいと荒らされた畑の作物を乗り越えて狐の前に立つ。

「はい、どうぞ！」

小さな手が、狐の鼻先にビスケットを持っていく。なにやら狐は、驚いているようだった。それまでの威勢はどこへやったのか。なんともいかんともしがたい、信じられないものを前にしているとでも言いたげに瞳を揺らし、何度もマリオンとビスケットを見比べる。にこぉっと笑いかけると、とうとう覚悟を決めたのか、はたまた諦めたのか、狐はマリオンの手からビスケットを奪っていった。

「おいしい？」

返事はなかった。一心不乱とばかりにビスケットをむさぼり食う狐の耳には、その問いかけは届いていなかったのだろう。そうして、マリオンのビスケットすべてを食べきってしまった狐は、そのまま踵《きびす》を返して、老朽化により空いた穴へと向かう。中庭から出ていこうとしているらしい。

「行っちゃうの？　ねえ待って、狐さん」

名残《なごり》惜しさと人恋しさに追いかけてくるマリオンのことを、狐は努めて無視しているようだった。だが、それもすべて、強がりだったのだ。いくらビスケットを食べたからとはいえ、体力は限界であり、さらに狐は、あちこちに傷を負っていた。ぐらりとその大きな身体が傾《かし》いだかと思うと、次の瞬間には、狐はどうと地面に倒れ伏していた。

「たいへん！」

悲鳴混じりに叫んだマリオンの、次の行動は早かった。

自分の身の丈はあろうかという大きさの狐をかつぎ上げ、納屋に運び込み、そこで懸命に狐の手当てをした。傷付き汚れた身体を洗い、ぬぐい、当時のストレリチアス家にとっては貴重だった薬を使い、包帯を巻き。

たった七歳の子供にしてはよくやったと思う。当時から生傷の絶えなかったマリオンは、自分で自分の手当てをすることに慣れていたから、きっとそのおかげだったのだろう。狐が、納屋から自分で出ることも叶わないほどに消耗していたのをいいことに、それはもう好き勝手に、何日もかけてマリオンは彼の看病を続けた。

狐は、マリオンの看病のおかげか、徐々に回復した。体力を取り戻した狐は、濃金の毛並みをつやつやと輝かせる、美しい獣だった。最初は近付くことすら一苦労だったものだが、マリオンが、それでもめげずに構い続けると、やがて諦めを見せるようになり、最終的にはその美しい毛並みのブラッシングまでさせてくれるようになった。

嬉しかった。初めて友達ができた気がした。

「狐さん！　みてみて！」

その日も、マリオンは納屋へと足を急がせた。納屋の中に積み上げられた藁《わら》の上で優雅に寝そべる狐は、心底面倒そうにマリオンの方へその首をもたげた。いかにも「うっとうしい」と言いたげな態度だったが、なんだかんだでいつも狐が自分の話を聞いてくれることを知っていたマリオンは、その鼻先に、邸内から持ってきた絵本を突きつけた。

「『金色の王子様』って言うのよ。すてきでしょ？」

友達もおらず、いつも一人遊びばかりのマリオンに、せめてもという思いでもあったのだろうか。叔父がプレゼントしてくれた美しい装丁《そうてい》の絵本。それが『金色の王子様』だった。

きらきらと目を輝かせながら、幼いマリオンは絵本のページをめくり、狐に丁寧に読み聞かせる。狐はそっぽを向いていたけれど、時折ぴくぴくと耳が動いていたことから察するに、しっかり聞いてくれていることが解った。

「いいなぁ。私にも王子様が来てくれるかな。お姫様って呼んでくれるかな」

フンッと狐が鼻を鳴らした。お前なんかがお姫様になんてなれるわけがない。そう言われている気がして、ぷくぅっとマリオンは頬を膨らませる。

「私だってなれるもん！」

キッと睨み付けても、狐はどこ吹く風だ。そのまま身体を丸めて眠る体勢に入る狐の姿にますますマリオンは頬を膨らませた。

「いじわる！」

大きな銀灰色の瞳に透明な膜が張り、その声音は涙に震える。ぎょっと驚いた様子で身を起こす狐に、ベーッ！　と舌を出し、マリオンは絵本を抱えて納屋を飛び出した。

悲しくて仕方なかった。けれど唯一なぐさめてくれるであろう叔父に泣きつくのも嫌だった。誰にもこんな顔を見られたくない。一人になりたかった。

「わた、私だって……」

ぼたぼたととうとう涙がこぼれ落ちる。止まらない。自分でもどうしてこんなにもショックを受けているのか解らない。ただただ悲しい。それだけだ。

そうして、どれほど歩いたか。気付けば随分と長く歩いてきてしまった。ここはどこだろう。

屋敷から少々離れた、雑木林に迷い込んでしまったらしい。叔父に、「危ないから一人で行ってはいけないよ」と口を酸っぱくして言われていた場所だ。約束を破ったことが知られたら叱《しか》られてしまう。早く帰らなくては。でも。

うろうろとその場を歩き回るマリオンの耳に、獰猛《どうもう》な唸り声が届く。びくりと身体を震わせてそちらを見遣れば、すぐそこで大きな野犬が、よだれをしたたらせていた。ひっと息を呑むマリオンに、野犬は血走った目を向けてくる。完全に自分のことを餌と見なしている目に射抜かれ、へなへなとその場に座り込んでしまった。

野犬が吠《ほ》えた。びりびりと空気が震える。動けない幼い少女に、野犬が飛びかかった。だが、次に悲鳴を上げたのは、マリオンではなかった。ぎゃうんっ！　と叫んで地面に転がった野犬。そして、その前に、マリオンを守るように立ちふさがるのは。

「……狐さん？」

屋敷の納屋にいるはずの狐がそこにいた。彼が野犬に体当たりをして、マリオンのことを庇ってくれたのだ。凛《りん》として立つ姿は勇ましく、その毛並みは日の光を浴びて、まばゆい金色に輝いている。どうして、ここに。そう問いかける間もなく、体勢を立て直した野犬が地を蹴った。そして、狐もまた迎え撃たんと地を蹴り野犬に飛びかかる。

そこから先は酷《ひど》いものだった。唸り声、悲鳴、よだれ、血しぶき。それらがぐちゃぐちゃに、嵐の中でかき混ぜられているかのようだった。

いくらマリオンの看病の甲斐《かい》あって体力を取り戻したとしても、痩せ衰えた身体までそう簡単に回復するわけがない。すぐに狐は劣勢になる。けれどそれでも狐は逃げようとはしない。何度も何度も狐は野犬に飛びかかる。どれだけ傷ついても。もうやめて、はやくにげてと、どれだけマリオンが叫んでも。

やがて、とうとう野犬の方が音《ね》を上げた。よろよろと逃げ去る野犬の後ろ姿を最後まで睨み続けてから、その姿が見えなくなったところで、やっと狐は力尽きて倒れ伏す。

「狐さん！」

抱えていた絵本を投げ出して、マリオンは狐の元に転がるようにして駆け寄った。

「狐さん！　狐さん！　やだ、やだよぅ、しっかりして……！」

満身創痍《そうい》。それが狐の状態だった。マリオンが丹精《たんせい》込めて梳《くしけず》った濃金色の毛並みは、もう見る影もない。血や泥にまみれた狐は、もう虫の息だった。ひゅう、ひゅう、と、力ない呼吸がその折れた牙が覗く口からもれる。輝いていたはずの濃金の瞳から、徐々に光が失われていく。もう狐が手遅れであることは、幼い子供の目から見ても明らかだった。

初めてできた大切な友達が、マリオンのせいで、命を落とそうとしている。自分が災厄令嬢であることをまざまざと思い知る。誰か狐さんを助けて。もし助けてくれるなら、災厄令嬢にわずかばかり残されているはずの、すべての幸運を捧《ささ》げたって構わない。だから、だから。

「狐さん……！」

ぐしゃぐしゃの顔で狐に取りすがる少女の涙が、ぽたぽたと狐の血に汚れた毛並みの上に落ちた。そのときだった。虫の息だった狐の身体が、金色の光に包まれる。眩《まぶ》しくてたまらない。輝かしい光が、何もかもを飲み込んでいく。そして。

「——あ、れ？」


そして十八歳のマリオンは、ベッドの上で目を覚ました。いつの間にか枕元に移動していたウカが、ぺろぺろと頬を舐《な》めてくる。返事代わりにその頭を撫でて身体を起こすと、つうっとあたたかな雫《しずく》が頬を伝い落ちていった。

「私……って、そんな場合じゃなくて、リヒト⁉」

隣で眠っていたはずの青年の姿がない。触って確かめても、布団に残されているのはマリオンの体温だけで、リヒトのぬくもりはもう残ってはいなかった。窓の外を見遣れば、もう太陽が昇りつつある。朝だ。こんな早い時間に、あんな怪我で、一体どこに。焦《あせ》りのあまり青ざめていると、扉ががちゃりと音を立てて開かれた。

「おや、おひぃさま。おはようございます」

「リヒト……」

きっちりばっちり身支度を整えたリヒトが、扉の向こうに立っていた。しゃんと背を伸ばした立ち姿は、昨日負ったはずの重傷の影響を感じさせない、ごくごく自然なものだった。どう声をかけていいものか解らずベッドの上で固まるマリオンをちらりと一瞥《いちべつ》したリヒトは、整った眉をふとひそめた。反射的にぎくりとするマリオンの元に歩み寄ってくるが早いか、その白い手が、濡れた頬に触れてくる。

「泣かれたのですか？　恐ろしい夢でもご覧に？」

「え、あ……」

すり、と、ベッドの上に落ちている手に、ウカが擦り寄ってくる。そしてリヒトもまた、長い指先でそっとマリオンの目尻に浮かぶ涙をぬぐっていった。そのままじいと見つめられ、えええと、言葉に詰まる。夢。そう。夢だ。

「きんいろ、の」

「はい？」

「金色の、夢だったわ」

「なんですか、それ」

「……なんなのかしら」

ただただまばゆい金色の光ばかりが脳裏に焼き付いていて、他には何も覚えていない。茫洋《ぼうよう》とした様子でそう呟くと、リヒトは小首を傾《かし》げたが、それ以上は突っ込んでくることはなく、「そうですか」と頷くだけだった。

ああそうだ、もしかしたら、アレクセイの夢だったのかもしれない。マリオンの金色の王子様の夢だったからこそ、こんなにも嬉しくて、切ない感覚が胸を占めているのだ。王都できっとマリオンのことを待っていてくれるはずの彼。その隣にいるかもしれない、自分ではない存在のことを思うと胸が詰まる。でも、それでも……いいや、だからこそ、マリオンは。

未《いま》だ霞《かす》みがかる思考の中、そうぼうっとしながら頷きを返し、それからハッと息を飲んだ。

「リ、リヒト！　それよりもあなた、寝てなくて大丈夫なの⁉」

思わずリヒトの腕を掴むと、彼は一つ頷いてから、いつものように優美に微笑んだ。

「ご心配なく。ここの主人は腕がいい。おかげ様で体調は万全です」

「嘘《うそ》！　だって、だってあんなに血が……っ」

「これでも身体の丈夫さが売りなので。まあおひぃさまほどではありませんけれど」

にっこりと笑うリヒトは、嘘を言っているようには確かに見えない。本人の言う通り、昨夜と比べれば明らかに血色がいいし、立ち振る舞いも危なげないものだ。

だが、だからといって『大丈夫』と断じるには、昨夜の彼の青ざめた顔があまりにも印象的すぎであり、衝撃的すぎた。

「でも、リヒト、せめて今日くらい……」

「はい、そこまで」

「ふむっ？」

白く長い指先で、唇をふにっと押さえられる。反射的に唇を閉ざすと、リヒトはマリオンの唇を押さえたまま、にこやかに続けた。

「おひぃさまのおかげで、王都までもうすぐです。馬車の確保がようやくできました」

「そ、うなの？」

「はい。さあ、さっさとご準備を。宿のご主人が朝食を後で運んできてくださるそうですから、その前にすませられることはすませておきましょう」

「え、ええ」

あら？　私、ごまかされていないかしら？　流されているのではない？

そう内心で首を傾げつつ、マリオンは促されるままにベッドから降りた。もっとマリオンとベッドの上で遊びたかったらしいウカがきゅうきゅうと抗議の声を上げるが、「もうすぐご飯だから」と撫でると彼は大人しくなる。さて、昨日は着替えることもできずにリヒトと一緒に眠ってしまったから、まずは。

「……とりあえず、お風呂ね」

「はい。いってらっしゃいませ」

粛々《しゅくしゅく》と、いかにも使用人らしく一礼してみせるリヒトの姿に、やっぱりごまかされている気がしてならなかったのだけれど、かと言って何をどう問いかけていいものなのかも解らない。

結局、首を捻《ひね》りつつも、マリオンは浴室に向かうことしかできなかった。

　そしてそれからしばらく。

　なんとか浴室から出て身支度を整え、ふう、と一息吐いてから客室に戻ると、既に朝食が運び込まれていた。

「遅くなってごめんなさい。先に食べていてくれればよかったのに」

「いくら僕でも、おひぃさまより先に食べる真似はしませんよ」

「あら、珍しく殊勝《しゅしょう》なことを言うのね」

「僕はいつだっておひぃさまのことを誰よりも尊重しているつもりなんですがね。まあいいでしょう。それよりも、ほら、どうぞお席に」

「……そうね。ウカも、ほら、いらっしゃい」

　若干どころではなく物申したくなる物言いにかちんと来たが、リヒトの言う通り、それよりも朝食だ。狭い客室の片隅に置かれたテーブルいっぱいに並べられた食事は、いくら医師が常駐する宿であるとはいえ、それにしても豪華なものだった。

「おいしそう……！」

　目を輝かせるマリオンのために、リヒトが椅子を引いてくれる。大人しくその椅子に座ったマリオンは、それまでのむかっ腹なんてすっかり忘れて、上機嫌にリヒトに「早く座って！

あたたかいうちに食べなくちゃ！」とにこにこと席をすすめる。小さな苦笑をこぼしたリヒトは、「かしこまりました」と大仰《おおぎょう》にまた一礼して、マリオンの隣に座る。行儀が悪いけれど、ウカのこともテーブルの上に乗せてやった。味が付いていない、肉と野菜の煮込みは、宿の主人がわざわざウカのために用意してくれたらしい。小さな自分用のお椀《わん》を前にして、ウカが、早く食べたい、早く！　とばかりにちらちらとマリオンとお椀を何度も見比べる。

「どうぞ、ウカ。私達も、いただきます」

「いただきます」

早速お椀に顔を突っ込むウカを微笑ましく思いつつ、マリオンはとろとろのオムレツに舌鼓《したつづみ》を打った。パンはふかふかだし、野菜たっぷりのスープは味わい深い。

贅沢《ぜいたく》だわ、としみじみと感動しながら、横目でちらりとリヒトの様子をうかがった。なんというか、やはりいつも通りの姿である。食事を口に運ぶ所作は優雅で、王侯貴族のそれかと問いかけたくなるようなものだ。脇腹の傷なんてなかったことになっているかのようである。

ほっと安堵《あんど》したくもなるけれど、だめだ。

リヒトがマリオンを庇ってくれたことを、マリオンは決して忘れてはならない。とりあえずは『体調は万全』であるという彼の言葉を信じることにするけれど、油断は禁物だ。

そう心に決めながら、もそもそとちぎったパンを口に運んでいると、ふとリヒトの濃金の瞳が、マリオンの方へと向けられた。ばちんっと音を立てて視線が噛み合う。

「おひぃさま」

「えっ、あ、な、なにかしら⁉」

ただその美貌を見ていただけで、悪いことなんて何一つしていないのに、つい焦ってしまった。ひっくり返った声で返事をすると、リヒトは器用に片眉を持ち上げたけれど、それ以上の反応は見せず、「今日の予定ですが」と口火を切った。

「朝食を終えたら、すぐに出ましょう。順調に行けば、昼過ぎには王都に着きます」

「……順調に行けたら？」

「はい、順調に行けたらです」

「それってつまり、夕方とか夜とかになる可能性もあるってことね」

「なんなら明日になるかもしれませんね」

「……」

災厄令嬢が乗る馬車が順調に王都に辿り着けるだなんて思えなかったのだが、あえてマリオンはそれ以上その件について突っ込まなかったし、リヒトもまたそれ以上何も言わなかった。

「王都に着いたら、王宮に改めて連絡を取りましょう。流石にここまで来たら、あちらもいい加減、王太子殿下の婚約者に対して、本来取るべき行動を取ってくれるでしょうから」

淡々とそう続けるリヒトに、マリオンはソーセージをかじりながらこっくりと頷く。いよいよなのか、と、思うと、どうしても緊張してきてしまう。

ずっとずっと夢見てきた婚約者殿。アレクセイ・ローゼス王太子殿下。私の、金色の王子様。やっとお会いできるのだ。やっと、やっと、マリオンは、彼に。マリオンは、彼のことを。そう思うとまるで瑞々《みずみず》しい果実をかじったかのような切なさが胸を襲う。

いつか来ることが解っていた日が、いよいよやってこようとしているのだ。脳裏に思い出されるのは、初めて出会ったあの日の印象よりも、やりとりしてきた手紙の内容なのだから不思議なものだ。いつだってマリオンのことをお姫様に変身させてくれる魔法が閉じ込められていた手紙のこと、そしてそれをマリオンに宛ててくれていた金色の王子様のことを思うと、ただただ甘いときめきと、少しばかり苦くて酸っぱい切なさが胸を占める。

「……いい気なものですね」

「なにか言った?」

「いいえ、なんでも」

そして朝食は無事終了し、手続きを終えて宿を出た。

小さなウカは、人目につくのもまずいし、はぐれてしまってはもっと困るから、リヒトの腰にさげられている鞄《かばん》の中で大人しくしてもらっている。傷があるはずの脇腹のすぐ近くに鞄をさげるなんて大丈夫なのかと思ったものだが、当の本人はぴんしゃん平然としている。どうやら本当に大丈夫らしい。

ほっと改めて安堵しつつ、宿場町における集合停留所で早速馬車に乗り込んだ。王都へと向かう辻《つじ》馬車だ。「ぎりぎりでした」とリヒトが事前に言っていた通り、ぎりぎりいっぱいの人数が、馬車の中にすし詰めになっている。

リヒトと身を寄せ合って縮こまり続け、そしてやがて馬車は、昼過ぎになって王都へと到着した。そう、昼過ぎに。行程通りの昼過ぎに。何事もなく、順調に。

「……奇跡だわ」

王都の停留所において、馬車から降りたマリオンの第一声はそれだった。災厄令嬢の名にふさわしく、絶対に何か起こると思っていたのに、実際は驚くほど順調に王都に到着してしまった。こんなのってあるのかしら。呆然と立ち竦んでいると、王宮に連絡を入れるためにいったんその場を離れていたリヒトが戻ってくる。

「おひぃさま、王宮に使いを出しました。ついでに宿の手配も。そこで王宮からの連絡を待ちましょう。いくら王都とはいえ、王宮までそれなりに距離がありますから……おひぃさま？」

どうしたんですか？　と首を傾げるリヒトの顔を見上げ、マリオンは大真面目《おおまじめ》に続けた。

「私の殿下に対する想いが、やっと天に通じたのかしら」

「…………ハァ？」

「だってそうじゃない。最後の最後で、王都までこんなにも順調に来られるなんてありえないでしょう？　きっと私の殿下への想いが天に通じて、《七人の罪源》の呪いに打ち勝ったのよ！」

満面の笑顔になるマリオンだったが、その笑顔は長くは続かなかった。にぃっこりと優美な笑顔を浮かべたリヒトに、鼻先を思い切りつままれたからだ。ぎゅうううっと強くつままれて、マリオンは涙目になってその白い手を振り払い、「何するのよ!?」と怒鳴る。リヒトはさらに笑みを深めた。

「すみません、つい」

「ついってなに!?」

ひどい！　と憤慨するマリオンに肩を竦めてみせたリヒトは、そのまま唯一の手持ちの荷物となったトランクと一緒に、「さて行きますよ」とマリオンを置いて踵を返した。ゆらりとうなじでまとめられた長い濃金の髪が、しっぽのように揺れる。

「ま、待って！」

ストレリチアス領のド田舎《いなか》ぶりとはわけが違う。慌ててリヒトのあとを追う。すいすいとまるで獣のように人の波をすり抜けていく彼に、人混みに慣れないマリオンは追い付けない。

「リヒトッ！　って、あっ!?」

地面に落ちていた果実の皮を踏みつけたマリオンの足が滑る。そのまま、びたーんっ!!　と盛大に正面からマリオンはすっころんだ。あまりにも豪快な転びっぷりに、周囲は心配よりも先に笑いが立ったらしく、くすくすとあちこちから笑い声が聞こえてくる。かあああっと顔を真っ赤にしてとりあえずしゃがみ込む。恥ずかしいったらない。せっかく王都まで到着できたのに、いきなり転ぶなんて幸先が悪すぎる。

これまでどれだけ転んでも立ち上がり続けてきたマリオンだが、なんだか今ばかりは立ち上がるのがとても辛《つら》かった。そんなマリオンの前に、すっと白い手が差し出される。気付けば俯いていた顔を持ち上げると、そこには呆れ果てた顔のリヒトがいた。

「何をなさっているんですか」

「だ、だって」

「だってじゃありません。ほら、お手をどうぞ」

「……ありがとう」

マリオンよりもよっぽどむっすりと不機嫌そうなリヒトが差し出してくれた手に、自分の手を重ねる。そのまま立たせてもらい、これで手は放されるかと思いきや、そんなことはなく、リヒトはぎゅっと手を繋《つな》いだまま、マリオンの手を引いて歩き出した。

「ねぇ」

「なんですか」

「なんで怒ってるの？」

「怒ってませんよ」

「嘘」

「本当です。怒ってなんていません。僕にはその権利はありませんから」

なによ、それ。何故リヒトが怒っているのかは解らないが、怒る、怒らないに、権利なんて必要なのだろうか。悔しいことに彼はマリオンよりもずっと頭の出来がよくて、とても賢いから、だからあまり頭の回転が速くないマリオンには解らないのかもしれない。それがなんだか悔しくて、それから少しだけさびしかった。

無言で手を繋いで歩く道中、前を歩くリヒトの顔は見えない。呼びかけたら振り向いてくれるだろうか。振り向いてもらえなかったらと思うと胸が痛んで、結局黙りこくることしかできない。

それからどれだけ歩いたか。王都における中心部たる城下町は社交界シーズンであることも手伝ってか、停留所以上に混みあっていた。

「リヒト、どこへ行くの？　宿に行くのよね？」

こんな町中の宿では、相応の金子が必要になるだろう。生憎手持ちは少ない。いくら王宮からの使いを待つとはいえ、変に意地を張って高級な宿を取ってもろくなことにならないだろう。

リヒト、ともう一度、今度は強めに呼びかけようとすると、その寸前で、ぴたりと彼は足を止めた。反応できず、危うくその背中にぶつかりかけてたたらを踏むマリオンの方を、ようやく彼は振り向いた。

「ここです」

「え？」

何がだ。宿のことか。そうマリオンが、リヒトの向こうにそびえ立つ建物を見上げると、その看板には、糸が通された針と裁《た》ちばさみの絵が確《しか》と刻まれていた。

「仕立て屋さん？」

どういうことだろう。ストレリチアス領ですらとんと縁がなかった店だ。王都の大通りに面した、いかにも立派な高級店におののくマリオンの手を引いて、リヒトはためらうことなくその扉を開く。り、りひと、と、震える声でその名を呼んでも返事はない。彼はそのまま、マリオンを仕立て屋の中へと引っ張り込んだ。

「いらっしゃいませ」

「どうも。予約していたリチアスです。彼女に見合うドレスを」

出迎えてくれたのは楚々《そそ》とした婦人だった。リチアスとは、これまでの道中、マリオンが使い続けてきた偽名である。その名で予約だなんて、一体何がどうしてそうなったのだろう。リヒト解りやすく挙動不審に陥《おちい》り、きょどきょどと忙《せわ》しなくリヒトと婦人の顔を見比べる。リヒトの腰の鞄からこっそり顔を出して周囲の様子をうかがっているウカも不思議そうだ。

どうしよう。私もウカと一緒にその鞄に隠れたい。そんなことを思うマリオンの気持ちを知ってか知らずか、この仕立て屋の主人であると思われる婦人は、上品に頷き、マリオンの手を取った。

「ええ、そのつもりですとも。ご要望通り、ある程度準備はできておりますわ。さあお嬢様、こちらにどうぞ」

「え、えっ⁉」

決して強い力ではなく、純粋な力勝負ならばマリオンが負けるはずがないというのに、婦人の手と言葉は、逆らいがたい力に満ちていた。

そのまま手を引かれて店の奥へとほぼ引き摺《ず》られるようにして連れていかれそうになる。

「リ、リヒト！」

助けて、という気持ちを込めて振り返った先にあったのは、いつも通りの、とんでもなく優美な笑顔。

「いってらっしゃいませ、おひぃさま」

ひらひらと手を振る美貌の使用人の姿に、「説明は⁉」と内心で叫ぶ。内心でだけに留めたのは、自分が十八歳を迎えたレディであるという自覚があるからだし、何より、こんな立派なお店で怒声を吐き出すのはあまりにも礼を欠いた行動であるという理性が働いたからだ。

となると、マリオンの中に後に残るのはもはや恐怖しかない。びくびくと怯えるマリオンに、婦人はふわりと笑いかける。

「緊張なさっておいでなのですね。ですがどうかご安心なさってくださいませ。このシャルロッテ・アマーリエ、花の王都に居を構える仕立て屋として、お嬢様を最高のレディに仕立て上げてみせますとも」

「は、はい？」

びっくりするほど意味が解らない。最高のレディ？　誰が？　私が？　そう何度も目を瞬かせるマリオンに微笑みかけたご婦人、もとい、仕立て屋たるシャルロッテは、マリオンを広い試着室に連れ込むが早いか、さっそくマリオンの質素なワンピースをはぎ取った。

ひえええええっ⁉　と悲鳴を上げそうになるマリオンはもう動けない。それをいいことに、シャルロッテは手早く下着姿になったこちらの身体を採寸する。

「うかがっていた通りの寸法ですね。これでしたらものの数分の微調整で完成できますわ」

「は、はい」

やっぱりびっくりするほど意味が解らないが、とにかくマリオンは頷いた。そしてシャルロッテは、試着室の片隅に置かれていたトルソーの、その全身を隠すようにかけられていた大きな布を取り払う。さあどうぞ、とばかりにやはり上品な笑みでトルソーを……正確には、そのトルソーが着ているドレスを見せられたマリオンは、目を見開いた。

「……これ」

「はい。お嬢様のドレスにございます」

それは、美しい白銀のドレスだった。光の加減でさまざまな色を映す純白の地に、細かな銀の粒子が散っている。一面の真白い雪景色に、輝く星の欠片《かけら》をまぶしたかのような美しい生地のドレスである。今までマリオンが着たことがないような、身体のラインがある程度あらわになる、けれど決していやらしくはない、大層上品で大人っぽいデザインだ。

「先達《せんだつ》てから、お連れ様から連絡をいただきまして、お手紙でやりとりをしてまいりました。お嬢様のために最高のドレスを、と。わたくしとしましても仕立て屋としてすべての力を出し切るつもりでしたが、悔しいことに、生地も、デザインも、お連れ様のご指定です。わたくしにできたことと言えば、本当に、作ることだけでした。ふふ、仕立て屋顔負けですわね」

くすくすと笑いながら、シャルロッテはトルソーからドレスを脱がしていく。そして、未だ呆然としているマリオンを、「さあどうぞ」と促した。ほとんど夢見心地のまま、白銀のドレスに袖を通す。軽い。そして、肌触りがとても心地よい。姿見に映った自分の姿は、自分ではない、まったく知らない誰かのようだった。

「とてもよくお似合いですよ」

「そう、でしょうか」

「そうですとも。微調整も必要なさそうですね。でしたら一刻も早くお連れ様にご覧に入れましょう」

さあどうぞ、と手を引かれ、マリオンは試着室を出た。足元を飾るのは、履き慣れた旅用のブーツではなく、同じくシャルロッテが注文通りに用意したのだという銀の靴。高いヒールは慣れないけれど、こちらもやはり驚くほど履き心地がよい。

ふわふわする。足元がおぼつかない。私、夢でも見ているのかしら。そんな疑問が湧くほど、現状が信じられなかった。そうしてそのまま、マリオンは店頭へと連れ出された。客人用の椅子に座って、用意されたらしい紅茶を飲んでいるリヒトは、まだこちらに気付いていない。

「リチアス様。お嬢様の準備が整いましたよ」

「ああ、ありが……」

とうございます。そう続けられるはずだったのかもしれない言葉が、こちらの姿をその目が捉えた瞬間、唐突に途切れた。

リヒトが手に持っていたティーカップが滑り落ちそうになり、あっとマリオンは焦ったものの、寸前で彼はそのティーカップを持ち直した。そしてテーブルにそれを置いた彼はそのままガタンッと勢いよく立ち上がる。

びくっと思わず身体を震わせるマリオンの元に、一直線に歩み寄ってきたリヒトは、そのまままじっくりと、マリオンの頭のてっぺんから、銀の靴で飾られたつま先まで、しっかり見つめる。あまりにも不躾《ぶしつけ》な視線に、居心地が悪くなって身動ぎをすると、は、と、ようやくリヒトは吐息を吐き出した。

それでもなお何も言わないリヒトに、だんだん不安になってくる。そんなにも似合わないだろうか。自分では、なかなかどころではなく、とても……本当にとてもよく似合っていると思ったのに。まるでお姫様のようだと、そう思ったのに。

「……どうせ、似合わないわよ」

災厄令嬢なんかには。そう続けようとしたマリオンの手が、ガッと掴まれた。えっと目を見開くマリオンの左手を右手でぎゅうと掴み、左手はマリオンの頬にあてがわれる。

え、え、と戸惑うマリオンを前にして、リヒトはいつもの優美な笑顔でもなければ、この旅の最中にちょくちょく見るようになった変な顔でもない、マリオンが初めて見る、大真面目な表情を浮かべた。

「お似合いです」

「え」

思ってもみなかった台詞に、マリオンの銀灰色の目がまんまるになる。その瞳をまっすぐに見つめて、リヒトはそっとマリオンの頬のラインをなぞった。

「とてもよくお似合いです。本当に、お美しい」

信じられないほど甘い声。

どこか恍惚《こうこつ》とした響きすら孕《はら》むその声に、ぞくっと、悪寒ではないことは確かだけれど、かと言って何と表現していいのか解らない感覚が背筋を駆け抜けていく。

「綺麗ですよ、僕のおひぃさま」

そうしてリヒトは、とても、とても綺麗に微笑んだ。見慣れているはずなのに、はからずもマリオンはその笑顔に見惚《みと》れてしまった。あなたの方がよっぽど、もっとずっと綺麗じゃない。そう思えて仕方ないのに、このまま何も言葉が出てこなくなりそうだ。けれど問いかけずには

いられないことも残っていたから、マリオンはんぐっと唾液を飲み込んでから、やっとの思いで口を開く。

「あなたが、用意してくれたのよね」

「はい」

「どうして?」

「どうしても何も。僕のせいで、旦那様からのドレスが無駄《むだ》になってしまいましたから。これくらいするのは当然でしょう?」

「当然なわけないじゃない!」

だってリヒトが怪我をしたのはマリオンのせいなのだから。いくら大好きな叔父が用意してくれたドレスだからといっても、リヒトの命には代えられなかった。だから後悔なんてしていない。こんなことをされていい理由なんてない。というか。

「あなたが怪我をしたのは昨日の話じゃない。こちらのシャルロッテさんとは前々から連絡を取っていたんでしょう? 計算が合わないわ」

たった一日で、こんなにも立派な、かつサイズがぴったりのドレスが用意できるはずがない。これだけ手の込んだ繊細なドレスだ。デザインを考えるにも、生地を用意するにも、実際に裁断し仕立て上げるのにも、相当の時間がかかるであろうことくらい、マリオンにだって解る。

デビュタントのためのドレスを、シラノが用意してくれていたことは、リヒトだって知っていたはずである。わざわざ改めてこんなにも立派なドレスを事前に、しかも王都において用意しておくなんて、一体どういうつもりだったのだろう。

答えて、と目で訴えると、リヒトはまた笑った。ただしその笑顔は、先程のような柔らかい笑みではなく、いつもと同じ優美な、そして嫌味な笑みだ。

「元々こちらの仕立て屋に注文していたんですよ。いずれ適当なところで、ストレリチアス領まで配送してもらうつもりでした」

「だから、それはどうしてって訊《き》いているのよ」

「『どうして』？　これは異《い》なことを仰る」

にっこりと笑みを浮かべ、やけに芝居がかったわざとらしい仕草でリヒトはするりとまたマリオンの頬を撫でていく。

「よくお考えください。旦那様が用意するおひぃさまのドレスが、いざというときまでに、無事にすむとお思いで？」

「…………」

大変遺憾《いかん》なることに、反論できなかった。不運と災禍《さいか》が約束されたストレリチアス家の災厄令嬢の、とっておきのデビュタントのドレスが、当日まで無事であるはずがなかったのだ。

物申したいことは山ほどあったが、リヒトはリヒトなりにマリオンのことを思ってこのドレスを用意してくれたのだ。素直に喜ぼうではないか——と、そこまで考えてから、はたと気付く。さあっと顔から血の気が引いた。

「ちょっと待って。私、こんなドレスの代金なんてとても払えないわ！」

マリオンの知る限りで最高の生地を使っている、この美しいドレス。相応の値段がするに違いない。だが、持ち合わせている金子は少ない。王都までの辻馬車の代金でほとんどが露《つゆ》と消えた。どうしよう、と真《ま》っ青《さお》な顔でシャルロッテの方を振り返る。腕利きの仕立て屋である婦人は、あらあらと苦笑した。

「ご心配なさらないでくださいませ。お代金は、お着換えの最中にお連れ様から当店の金庫番が受け取っております」

「え？」

思ってもみなかった台詞だった。まさか、とリヒトの方を再び振り返ると、彼はまた変な顔をしていた。なんとも不満そうな、凶悪さがにじむ表情で、じっとりとマリオンのことを見つめてくる。飛び抜けた美形がそういう顔をすると、とんでもなく迫力があるが、臆するよりも先にただただマリオンは驚くばかりだ。

「どういうこと？」

「どういうことも何も、僕が勝手に用意したんですから、代金は僕が払うのが筋でしょう」

「あなた、そんなにもお金持ちだったの？　まさか、ご近所さんから農作物ばかりじゃなくてお金まで貢がせたんじゃ……」

「失礼ですね。きちんと働きましたよ。領地でだけではなく、この道中でちょくちょく、娼館《しょうかん》や酒場といった場所でそれなりに」

「！」

驚いた。ストレリチアス領を出てからというもの、マリオンはリヒトと常に一緒にいたわけではない。宿が一部屋しか取れなかったときばかりではなく、たとえ二部屋取れたとしても、リヒトは夜毎出かけているようだった。一体何を遊んでいるのだろうと思っていたのだが。

「全部、私のためだったの？」

自らは頭脳労働派であると公言してはばからず、ストレリチアス領においてもまともな使用人らしい働きなどちっとも見せてくれなかったくせに。自分の知らないところで、リヒトは、自分のためにわざわざ働いていてくれたのか。何も知らなかった自分が恥ずかしい。

「お伝えするのが、遅くなってしまいましたが」

「え？」

「十八歳のお誕生日、おめでとうございます」

その一言に、じわじわと喜びと気恥ずかしさが込み上げてきた。どうしようもなく嬉しい。

「……ありがとう、リヒト」

「どういたしまして」

「とっても、とぉってっても嬉しいわ。本当にお姫様になれたみたい」

「それは結構」

ふわふわと宙に浮くような心地で笑み崩れるマリオンに対する、リヒトの返事は大層手短で、淡々としていた。いつもであればもう一言二言、からかいだの嫌味だのを言ってくるはずなのに。どうしたのだろう、とマリオンはじいとリヒトの顔を見つめた。ばちりと濃金の瞳と視線が噛み合ったかと思うと、そのますぐに、さりげなさを装って逸らされてしまう。うん？もしやこれは。

「リヒト、照れてる？」

「……さて、それでは宿に向かいましょうか。さっさと着替えてきてください」

「え、せっかくなんだからもう少し……」

「ほら、お早く」

「ちょっとリヒト、リヒトったら」

肩を掴まれ、その場でくるりと反転させられ、シャルロッテの方へと押し遣られる。もう少しくらいいいではないか、と肩越しに振り返ると、リヒトはそっぽを向いていた。濃金の髪の合間から覗く耳が、真っ赤に染まっていた。それを見てしまったら、なんだかマリオンも自分の顔が赤くなるのを感じる。

変だ。変だ、こんなの。ぱっとリヒトから顔を背《そむ》けたマリオンは、そうして火照《ほて》る頬を押さえながら、シャルロッテとともに試着室に戻ったのであった。

第３章　そろそろ落ち込んでもいいかしら

それから二日後のことだ。例によって例のごとく、宿の手伝いをすることで宿泊を許してもらいながらすごしていたマリオンとリヒトの元に、王宮からの使いがとうとうやってきた。ちょうど休憩時間であり、貸し与えられた客室にてウカとたわむれていたマリオンは、慌《あわ》ててウカをスカートの下に隠す。

王宮からの使いは、アレクセイの侍従を務めている者だと名乗った。いかにも貴族然とした身なりの高齢男性だ。そしてその護衛であるという一団に囲まれ、なんとも言いがたい居心地の悪さを覚えた。かろうじて表情を取り繕《つくろ》い、貴族の令嬢らしく一礼してみせた。時間をもらって慌ててドレスに着替えたマリオンのことを、侍従は舐《な》めるように見つめたあと、「こちらへ」と、宿の裏手に用意されていた馬車へと案内してくれた。

促《うなが》されるままにリヒト、そしてこっそりウカとともに馬車に乗り込む。王宮が王太子の婚約者のために手配したとは到底思えない、なんとも粗末な馬車は、ひっそりと走り出した。

「あ、あの」

スカートの下のウカに気付かれないように、あえてどう見ても友好的には見えない侍従に話しかける。「何でしょう?」と一応返事をしてくれたものの、侍従はあからさまにマリオンのことを馬鹿にしている様子だ。呪われた田舎《いなか》娘が話しかけるな、という意図をひしひしと感じる。

「殿下は、私のことについて、何か仰《おっしゃ》っていましたか?」

マリオンのことを王都に招いたのはアレクセイその人だ。いよいよ彼のお膝元《ひざもと》までやってきたことについてどう思っているのか、少しでも知りたかった。

早く会いたい、と。少しでもそう思ってくれてはいないだろうか。わざわざアレクセイの婚約者である自分を迎えに来てくれるほど彼に側近《そば》い侍従ともあれば、何かしら聞いているのではないか。男爵令嬢との噂《うわさ》について、少しでも何か教えてもらえないだろうか。

「ご自分でお確かめください」

「…………はい」

だがしかし、取り付く島もなかった。これ以上質問しても無駄《むだ》だろう。諦《あきら》めたマリオンは、溜息《ためいき》を飲み込んで、ちらりと隣を見上げた。馬車のもう一人の乗客であるリヒトは、涼しい顔、というか無表情で、いっそ恐ろしいほどの沈黙を保ち続けている。この侍従達がマリオン達を迎えに来てくれてからというもの、彼はずっとこの調子だ。

どうしたの? もしかして傷口が開いてしまったの? 笑顔を取り繕えないほど辛《つら》いの?

そう問いかけたいのに、リヒトがまとう雰囲気は、そういう質問のたぐいの一切を拒絶している。声がかけられない。

――前途多難だわ。

せっかくもうすぐアレクセイに会えるのに、ちっとも心は浮き立たない。ただただ居心地の悪さばかりが募《つの》る。いっそ自分で馬にまたがって一直線に彼の元へ――と、実際にはできるはずもない妄想《もうそう》に耽《ふけ》りつつ、窓の外へとようやく目を向ける。そして気付いた。

外は静かだ。城下町の賑《にぎ》わいからほど遠い静けさに満ち、馬車が駆ける音だけがやたらと大きく響いている。窓の外で移り変わる景色は、城下町のそれではなく、木々が生い茂るばかりだ。王宮に向かっているのであれば、決して見ることなど叶《かな》わないはずの光景。王都のはずれの森かしら、と冷静に判断してから、マリオンは侍従に問いかけた。

「あの、王宮へ向かっているんですよね？」

そのときだ。ガタン‼　と馬車が大きく揺れる。ウカがマリオンのスカートの下から飛び出し、膝に飛び乗ってきた。ぎゃっ⁉　と情けない悲鳴を上げる侍従を無視して、子狐《こぎつね》の小さな身体《からだ》を抱きとめたマリオンだったが、バランスを崩して前方に倒れ込みそうになる。そこを、隣から伸びた長い腕が支えてくれた。そのまま抱き寄せられ、ひえっと息を飲む。

「リ、リヒト」

「来ましたね」

「え」

何が。そう問いかける間もなく、馬の高いいななきが響き、馬車が停車する。なに、何事なの。そう動揺するマリオンを置き去りに、正面に座っていた侍従が、その年齢に見合わない俊敏な動きで、馬車から飛び降りた。

「え、ちょ、ちょっと⁉」

そのあとを追って、リヒトの腕を振りほどいて馬車の扉から身を乗り出したマリオンの目に映ったのは、それまでこの馬車の周囲を、護衛として守っていたはずの一団が、侍従とともに一斉に馬ごと逃げ去っていく光景だった。

残されたのは、馬車から身を乗り出しながら呆然《ぼうぜん》とするマリオンとその腕の中のウカ、それから馬車の中で険しい表情を浮かべているリヒト。そして、そんな二人と一匹が乗る打ち捨てられた馬車を囲む、何人もの武装した集団だった。彼らは皆武器を構え、その切っ先をマリオンへと向けている。

「どういうこと⁉」

「どういうことも何も、見たままでしょう。おひぃさま、どうぞ」

「なんなのよおおおおおおっ⁉」

悲鳴を上げながらも差し出されたパラソルを受け取り、代わりにウカをリヒトの腕に預ける。続いてマリオンは、パンッとパラソルを開いた。ドワーフの秘術で糸として紡がれたオリハルコン製のパラソルの面に、カカカッと矢じりがぶつかって地面に落ちる。

「何が何だか解《わか》らないけれど、そっちがその気なら、こっちにだって考えがあるわ！」

再びパラソルを閉じてから、マリオンは馬車から飛び降りた。そんなマリオンを、襲撃者達は、一定の距離を取りながらまた陣形を組み直して囲む。統率の取れた動きだ。素人《しろうと》ではない。これまでの道中で相手取ってきた野盗とはわけが違う。自分を囲む殺気に、つうっと冷や汗が伝っていく。ぎゅ、とパラソルのハンドルを掴《つか》み直して、地を蹴《け》った。

マリオンのパラソルと、襲撃者の剣がぶつかり合う。剣戟《けんげき》の音が、静かな森に響き渡る。襲撃者達は何も言わない。一切の無駄を省いて、ただマリオンを殺すためだけに動いている。

一人、二人と、確実に襲撃者を叩《たた》き伏せながらも、焦《あせ》りを感じる。これがその辺の野盗であったならば、この程度の人数、なんてことはない。けれど、違う。この襲撃者達は、一人一人が、それこそ一国の騎士のような実力を持っている。

「おひぃさま、僕も……」

「あなたはウカを守っていて！」

だってリヒトはマリオンよりも弱いのだ。

まず、頭脳労働派という言葉の通り、体力がない。これまでの道中だって、先に「休憩《きゅうけい》しましょう」と言い出すのはいつもリヒトだった。

そして、彼が武器を持っているところなんて見たことがない。呪いの因果ゆえに襲い来る災厄を除いては、基本的に平和なストレリチアス領においてはその必要性がなかったせいだ。だが、それでもいつ何時であろうと自分の身は自分で守れるようにと今は亡き母はマリオンに繰り返した。その教えを守って日々鍛錬を重ねるマリオンが、「たまには相手をしてくれない？」と誘いをかけても、リヒトは「僕には必要ありませんから」と笑顔で毎回断ってくれたものだ。

今日までの道中においても、どれだけ野盗その他エトセトラに襲われても、我関せずを貫き、「おひぃさま、流石《さすが》です」と拍手するだけだった、どこからどう見ても頼りない彼に、ここで戦わせるだなんてとんでもない。

――私が、頑張らなくちゃ！

わけも解らないままに、こんなところで殺されてやる道理なんてない。本当は怖くてたまらないけれど、もっと怖いものをマリオンは知っている。アレクセイに会わずして死んでなんかやるものか。

だが、機敏な動きでパラソルを操り続けるものの、マリオンにだって限界はある。汗が吹き出す。息が切れる。軽いはずのパラソルが重い。そして足元がとうとうふらついたマリオンに向かって、襲撃者の剣の切っ先が唸《うな》った。

「おひぃさま！」

「ッ！」

身を乗り出したリヒトの怒鳴り声から一拍置いて、鮮血が舞った。ぱさり、と、パラソルが地面に落ちる。利《き》き腕をやられた。肩で息をしながら右の上腕を押さえるマリオンに対し、周囲の襲撃者達が笑い合うのを感じた。

腕が痛い。ぼたぼたと血が流れていくのを感じる。思ったよりも深く斬られたようだ。いよいよめまいまでしてきたが、まだだ。意識を失うよりも先に、せめてこれだけは。

「リヒト、ウカを連れて逃げ……っ!?」

逃げなさい。そう命じるつもりだったのに、言葉にならなかった。馬車から飛び降りてきたリヒトに、その腕にもともといたウカごと抱き締められたからだ。一瞬腕の痛みも忘れてリヒトに身を預けることになったマリオンから、リヒトはすぐに身体を離した。そして、ウカを地面に降ろし、傷付いたマリオンの右腕を片手で持ち上げる。

「いた、いたたたたっ！」

どういうことなの。何がしたいの。そう問いかけようにも、ただならぬ雰囲気をまとうリヒトに対してかける言葉などない。周囲の襲撃者達も、それまで大人《おとな》しくしていた使用人が急に飛び出してきたあげくの謎の行動は予想外だったらしく、明らかに戸惑っている空気が伝わってくる。

「リヒト、放してちょうだい。……リヒト？」

呼びかけに対する反応はない。いや、だから、結構どころでなく相当痛いのだけれど。こんな風にのんびりしている場合ではないのだけれど。その辺のところを、この目の前の青年は解っているのだろうか。リヒト、と、もう一度焦《じ》れたようにその名を呼ぶと、ようやく青年が動く。マリオンの右腕を持ち上げて、身を屈《かが》め、その血の流れる上腕に、そっと口付けた。

「――――――――っ!?!?!?」

悲鳴を上げずにすんだのは奇跡だった。今、リヒトは何をした？　マリオンの傷口に、マリオンに、く、くくくく、口付け、を？

「リ、リリ、リリリヒトッ!?」

何するのよ!?　とやっと悲鳴を上げるだけの余裕を取り戻《もど》したマリオンが叫ぼうとするも、その悲鳴は音にはならなかった。真正面からリヒトの顔を見てしまったからだ。

いつもの優美な笑みでも、たまに見せてくれる変な顔でも、この旅の中で見てきたさまざまな初めての表情でもない。今のその顔もまた、初めてのそれではあったけれど、それを見られたことを嬉《うれ》しいだなんて思えなかった。

リヒトの濃金の瞳は、息を呑むことすらできないほど剣呑《けんのん》な、底冷えする光を宿していた。マリオンが流した血の赤に濡《ぬ》れた唇は、ぞっとするほど蠱惑《こわく》的だ。薄く開かれた唇から舌が覗《のぞ》き、ぺろりと唇を彩る赤を舐めとる。そうして、信じられないほど凶悪な表情で、リヒトは凄《せい》絶《ぜつ》に微笑《ほほえ》んだ。

「――全員、ぶっ殺す」

それは、宣誓だった。

ざわりと、音もなく、けれど確実に、空気が一変する。

ひゅっと息を飲んだのは誰だったのか。次の瞬間、マリオンを斬りつけた襲撃者が、突然その場から吹っ飛んだ。誰かが何かをしたわけではないというのに、襲撃者はその場から見えない力によって吹き飛ばされ、近隣の木の幹にその身体を叩きつけられる。

誰もが呆然とそのさまを見つめることしかできない中で、リヒトだけが平然と――いいや、筆舌に尽くしがたい怒りに身を包んだ王のごとく、そこに佇《たたず》んでいた。

リヒト。そう声をかけたいのに、声が出ない。はくはくとなんとか声を絞り出そうとするマリオンを置き去りに、おもむろに彼は片手を持ち上げる。何を、とマリオンが瞳を瞬《またた》かせた次の瞬間、カッ！　と目を焼くような鮮烈な光がほとばしる。

バチバチバチバチバチッ！

宙を掴むかと思われたリヒトの手に、唐突に、何の前触れもなく、雷のかたまりが現れた。

金色に輝くそのかたまりは、バチバチと、さながら獲物を前にした獣のごとく唸りを上げる。

「まほ、う?」

やはり呆然としたまま呟《つぶや》くマリオンの声など聞こえていないのか、ニィとリヒトは凶悪に唇の端をつり上げる。

明らかに只者《ただもの》ならざる存在と化したリヒトを前にしても、それでも襲撃者達は逃げなかった。それぞれ改めてその手の武器を構え、マリオンよりも先にリヒトこそを排除すべきと判断したらしく、果敢《かかん》にも金色の青年に向かって地を蹴った。だが。

「おっせえよ」

リヒトの手の光のかたまりから、何頭もの狐のこうべが伸びた。その口から稲妻を吐き出しながら、光の狐は宙を駆け、あっという間に襲撃者達を屠《ほふ》りつくす。狐の形をした稲妻に撃たれた襲撃者達は、誰もがびくびくと痙攣《けいれん》しながら地に転がった。

「は、ざまァねぇなぁ」

くつくつと喉を鳴らしたリヒトの濃金色の瞳は、その手の光のかたまりに負けず劣らず、ぎらぎらとまばゆいばかりに輝いていた。彼の美貌は凄絶なまでに冴《さ》え渡り、いくら息を呑んでもたりないほどに綺麗《きれい》だった。あまりにも綺麗すぎて、まるでマリオンの知らない人のよう。

「これで終わりだと思うなよ? てめぇらが終われるのは、生まれてきたことを後悔するほど苦しんだ後だ」

冷酷な声が楽しげに言葉を紡ぐ。同時にリヒトの周囲にはべっていた光の狐達がまた宙を切り、襲撃者達をその身で締め上げた。きゅうん、と怯《おび》えながら足元に擦《す》り寄ってくるウカに、ようやくマリオンははっと息を呑んだ。そしてそのまま、リヒトに飛びつく。

「だめよ、いい加減にしなさい！　本当に殺すつもり⁉」

「本当に殺すつもりだよ。あんたを傷付けた代償としては軽すぎるけどなァ。まあ奪えるもんがあるなら奪うのが道理だろ」

飛びついてきたマリオンを難なく受け止めつつ、にっこりと、凶悪にリヒトは笑う。その口調、その笑顔、その只人《ただびと》にあらざる能力。

知らない。こんなリヒトなんて知らない。けれど。

「～～だめだって、言ってるでしょ‼」

「っ⁉」

握り締めた拳《こぶし》を、マリオンは容赦《ようしゃ》なくリヒトの腹に叩き込んだ。彼の脇腹の傷のことなど、そのときばかりはすっかり頭から抜け落ちていた。

だってたとえ傷口がまた開くことになったとしても、それでも今は、今だけは、なんとしてでもリヒトのことを止めなくてはならないと思ったから。

どれだけ知らない人のように見えたとしても、彼はリヒトだ。ストレリチアス家の使用人というだけではなく、家族のようにすら思える、大切な相手なのだ。そんなリヒトが、誰かをその手にかけようとしているというならば、マリオンは、それこそ自身の命だって懸けて止めなくてはならない。

マリオンの渾身《こんしん》の拳は、リヒトにとっては完全に不意打ちであったらしい。ぐふっと呻《うめ》いたかと思うと、そのまま身体を折り、腹を抱えてその場に座り込む。同時に光の狐もほどけて消え失せ、締め上げられていた襲撃者達は地面の上にどさりと崩れ落ちた。一応ぴくぴくと身体を震わせているところを見るに、かろうじて生きてはいるらしい。ほっと安堵《あんど》しつつ、マリオンは慌ててリヒトの隣にしゃがみ込んだ。

「リ、リヒト、だ、だだ、大丈夫……？」

「――大丈夫に、見えんのか？」

「ごめんなさい！」

腹を抱えて俯《うつむ》いたまま、リヒトは低く問いかけてきた。あまりの低音に、マリオンはぴゃっ！　と身体をびくつかせて、ほとんど反射的に謝罪する。恐々《こわごわ》とリヒトの様子をうかがっていると、足元でウカがきゅうと鳴いた。だいじょうぶ？　と問いかけられているような気がしたけれど、その『大丈夫』が、マリオンに対してなのか、リヒトに対してなのかは解らない。あるいは両方に対してだったのかもしれない。

マリオンの謝罪に対し、リヒトは沈黙していた。どうしよう。やりすぎたのかも。でも、でも、これくらいしないと止まってくれなさそうだったし。いやでもでも、怪我《けが》をしている彼に対してやっぱりやりすぎ……でもでもでも。

「リヒト、あの」

「――――ぷっ！」

「え」

「つははははははははは！」

「え、ええ？」

突然笑い出した青年に、マリオンは戸惑いを通り越して若干《じゃっかん》引いた。いよいよ自分のやらかしたことにおののくマリオンだったが、そんなマリオンの顔を、ようやく持ち上げられたリヒトの目が捕らえる。ぎらぎら、ではなく、きらきらと星のように輝く濃金色の瞳。

「俺を拳で止める女なんて、あんたくらいだよ」

「あ、あの」

「――なんて、ね。怖がらせてしまってすみませんでした」

ぱちん、と、世間の老若男女《ろうにゃくなんにょ》を一発で仕留めるであろうウインクを投げてよこしたリヒトは、ひょいっと立ち上がった。その動きからは、先程《さきほど》マリオンの拳を受けた影響は見受けられない。

「ねぇ、リヒト」

「はい」

気付けば彼の口調は、マリオンのよく知る丁寧《ていねい》なものに戻っていた。そのことを指摘すべきかとも思ったけれど、それよりももっと知らなくてはならないことがある。


「リヒト、あなた、魔法使いだったの？」

「――――はい」


マリオンの問いかけに対し、長い沈黙ののちに、リヒトは頷《うなず》く。

魔法使い。レジナ・チェリ国において、その存在は稀少《きしょう》だ。生まれながらに魔力を持ち、只人にあらざる魔法を行使し、奇跡を起こす。それが魔法使いである。かつて《七人の罪源》が起こした罪による教訓を活《い》かして、現在のこの国では、魔法使いは王宮から徹底的に保護、もとい管理されている。魔法使いであると判明した者はすべからくみな王宮に召し上げられ、『第七魔法学府』と呼ばれる王家直轄の特殊な機関に組み込まれることとなる。

「魔法使いのくせに、どうしてわざわざウチなんかの使用人に……」

第七魔法学府に入れば、ある程度自由は制限されるものの、最高の衣食住が保証され、ゆくゆくは王族直属の部下となり、各地で活躍することが約束されている。わざわざ呪われた聖爵家の使用人になる必要なんてない。たとえ第七魔法学府にもストレリチアス家にも身を寄せなかったとしても、先程のなんの呪文の詠唱もなく高等魔法を行使してみせた姿から察するに、リヒトの働き口は引く手あまただろう。働かなくたって周囲が勝手に持ち上げてくれるに違いない。

それなのに何故。言葉よりもよほど雄弁な疑問を瞳に宿してリヒトを見上げると、彼は笑った。いつも通りの優美な——それでいてなんとも面映《おもは》ゆげな笑い方。

「強《し》いて言うなら、おひぃさまのせいですね」

「え？」

「ああそうだ、せい、と言うよりも、おかげ、と言う方がふさわしいでしょうか」

「ええ？」

どういう意味だ。リヒトの言いたいことがよく解らず首を傾《かし》げると、気付けば腕の中にいたウカもまた同じようにきゅうん？　と首を傾げる。その頭を撫《な》でて、これからどうしたものかと、ようやくそこまで考える余裕ができたマリオンは、立ち上がって周囲を見回した。

マリオン達をここまで運んできてくれた馬車の馬も、襲撃者達が乗っていた馬も、皆揃《そろ》って逃げ去っている。ここは恐らくは王都のはずれの森。足元の地獄はさておいて、生い茂る木々だけを見れば心穏やかになれる光景だ。流石、緑豊かなる美しき国、レジナ・チェリー——なんて言っている場合では、まったくない。

「また歩きってこと!?」

「そうですね」

「ちょっとリヒト、あなた、魔法使いなら、ちょちょぃと転移魔法とか使えるんじゃないの？」

「使えますけど、あれ、疲れるんですよね」

だからちょっと、とわざとらしくリヒトは溜息を吐く。本当に、いつも通りだ。そのことに改めて安堵しながら、マリオンは地面に転がっていたパラソルを拾い上げ、そして気付く。

「傷が……」

斬りつけられた右腕の痛みが消えていた。いいや、痛みばかりではない。簡素なドレスの袖こそ血で汚れているものの、その裂け目から覗く肌は綺麗なものだ。そこにあったはずの深く切り裂かれた怪我なんてどこにもなくなっている。

まさか、と、リヒトを見上げると、彼は「ああ」とまた笑う。

「婚前のおひぃさまに、傷を残すわけにはいかないでしょう？」

「……もしかして、あなたの脇腹の怪我も、そうやってもう治してる？」

にっこりと青年の笑みが深まる。すなわち、是《ぜ》、と。治癒魔法か、と、やはり今度こそマリオンは驚かずにはいられなかった。

生体に干渉する治癒魔法もまたかなりの高等魔法だ。魔法については、かつて最高の魔法使いが一角とされた聖爵家の末裔《まつえい》と呼ぶにはあまりにもお粗末な知識しか持ち合わせていないマリオンにだって解る。呪文の詠唱もなしに、傷を一瞬で癒すなど、並大抵《たいてい》の真似ではない。

ますますリヒトという存在が解らなくなり、戸惑うことしかできなくなる。

ねえ、あなた、何を隠しているの。

そう問いかけたいのに、リヒトの笑顔からは、彼がそういうこちらの疑問を解っている上であえて自らは触れようとしていないのが伝わってきて、ぎゅっと気付かれない程度に唇を噛《か》んだ。ウカが不思議そうにマリオンの顔を見上げてくる。その愛らしさに、今更《いまさら》ながら、ようやく限界まで張り詰めていた糸がぷつりと切れる音を聞いた。

「おっと」

すとんっとその場に尻もちをつきそうになったところを、リヒトの長い腕によってすくい上げられる。あ、とかすかな声をもらすマリオンの顔を間近で覗き込み、彼はいつもの調子で「大丈夫ですか？」と問いかけてきた。

「……平気よ。その、ありがとう。助かったわ」

その礼は、尻もちをつかずにすんだことに対してばかりではなく、とんでもなく凶悪な方法ではあったもののとにかく襲撃者達を撃退してくれたことに対して、そして、腕の傷を癒してくれたことに対して、それから、今日までの道中、決してマリオンのことを見放さなかったことに対しての礼でもあった。

リヒトの濃金色の瞳がぱちりと瞬く。そして彼は、やっぱりいつも通りに、優美に笑った。

「当然のことをしたまでです、僕のおひぃさま」

「……おひぃさまなんて、その子供みたいな呼び方、いい加減なんとかならない？」

「なりませんね。それよりも」

マリオンを改めてきちんと立たせてくれてから、リヒトはその瞳を、マリオンの後方へと向けた。

「ようやくお迎えのようですよ」

「……？」

決して嬉しそうではない、むしろどちらかと言うと忌々《いまいま》しげとすら言えるような声音で告げられた台詞《せりふ》に、マリオンは首を傾げながら背後を振り返った。リヒトがマリオンの腕からウカをつまみ上げ、自身の腰の鞄《かばん》に放り込む。乱暴なことをしないで、と文句をつけようとしたのだけれど、そんな台詞は、どんどん近付いてくる、馬のいななきと地を蹴る高らかな蹄《ひづめ》の音の、幾重にも重なる響きによってかき消された。

そして、驚きに目を瞬かせるマリオンと、相変わらず優美な笑みを浮かべているリヒトの元に、馬に乗った一団と、その一団に囲まれた立派な馬車が到着する。

馬に乗っている男達は皆、ド田舎であるストレリチアス領育ちのマリオンですら知る、王宮直属の騎士としての衣装に身を包んでいた。

そして、その騎士団が守るように囲む馬車に刻まれているのは、繊細かつ美麗な、艶《あで》やかな大輪の薔薇《ばら》の意匠《いしょう》。薔薇が意味するのは。

「まさか、王家の……？」

「ようやくお見つけいたしました」

呆然と呟くマリオンの台詞を遮《さえぎ》るように、騎士団の先頭の馬に乗っていた青年が、馬上から言い放った。淡々としながらも明らかに冷ややかな響きが宿るその声に、反射的にびくりとする。けれどそんなマリオンを守るように、リヒトが前に出て背の後ろに隠してくれる。たったそれだけのことで驚くほど安堵してしまう。

そんなマリオンとリヒトをやはり冷たく見下ろした青年は、馬から降りて、騎士らしく機敏な、それでいて優雅な一礼をしてみせる。

「マリオン・ストレリチアス嬢と、その従者殿とお見受けします。ご無事で何よりです」

まったく『何より』だなんて思っていなさそうな声だった。どう答えていいものか解らず、困惑がにじむ瞳で騎士達を見つめるマリオンを一瞥《いちべつ》した青年は、ふう、と、心底迷惑そうに溜息をもらした。

「我々はアレクセイ・ローゼス王太子殿下により手配された、ストレリチアス嬢のための護衛団です。本来であればストレリチアス領までお迎えに上がるはずでした。しかしその前にストレリチアス嬢がご出発なさったため、それならばとなんとか途中で合流を図ろうとしたのですが……お二人の行程が、こちらが予想したものと大幅にずれを生じさせたため、お迎えに上がるのが今となってしまいました」

お詫《わ》び申し上げます、とまた一礼する青年に、マリオンは顔を引きつらせた。まさかそんなことになっているとは思わなかった。今日までの行程は、正直なところ、マリオン自身予想外の、計画性の欠片《かけら》もないそれだった。王都から本来の行程通りに迎えに来てもらっても、合流できなかったのは当たり前だ。これはご迷惑を、と、申し訳なくなる。

そんなマリオンを隠すように前に立つリヒトは、目の前の騎士である青年に負けず劣らずに冷たい声音で、「ご足労痛み入ります」と慇懃《いんぎん》無礼《ぶれい》に吐き捨てた。リヒトはリヒトで、これまたまったく『痛み入る』なんて思ってないに違いない。

冷え冷えとした沈黙がその場に横たわる中で、次に口を開いたのは、リヒトだった。

「お迎えいただいたのは結構ですが、それよりも、こいつらについては、どう説明なさるおつもりで？」

「おそらくは、第二王子であらせられる、ユリシス殿下の手のものでしょう」

即答だった。突然出てきた、ユリシスという名前。それは、アレクセイの弟である第二王子の名前だ。アレクセイほどの見目麗《うるわ》しさは持ち合わせていなくとも、その代わりに彼は、大きな魔力を持って生まれたと聞いている。彼は第二王子という身分とともに、第七魔法学府における極めて優秀な魔法使いという身分も持ち合わせていたはずだ。

何故ここでその第二王子が、と、きょとんとするマリオンを後目《しりめ》に、騎士の青年は背後の部下であろう騎士達に対して片手を挙げる。合図を受けた騎士達は、次々に馬から降りて、地面に転がっている襲撃者達を捕らえ始めた。

「現在、アレクセイ殿下こそ王太子であり、第一王位継承者とされていますが、ユリシス殿下は自分こそがその座にふさわしいと思っておいでです。今回のことは、ユリシス殿下が、アレクセイ殿下の権威に傷をつけ、さらにストレリチアス嬢という弱みを握ろうとなさった末の結果でしょう」

「その先で、ユリシス殿下こそが次代の王になろうとしていらっしゃると？」

リヒトが冷ややかに問いかけると、騎士の青年は仮面のような無表情で、「そういうことです」と告げた。

確かに王太子殿下と第二王子殿下の不仲説は有名な話だが、まさかそれで自分が狙われるなんて。二人しかいない兄弟なのにそこまで？　と思う自分は、やはりリヒトの言う通りお人好しがすぎるのだろうか。

そう自問するマリオンに再び一礼した騎士の青年は、すっとその手で背後の馬車を示した。

「さあ、馬車にお乗りください。今度こそ我々が、ご無事に王宮までお送りいたします」

ザッと騎士達が身を引いて、薔薇の意匠の馬車までの花道を作る。知らず知らずのうちにごくりと息を呑んだ。こんな扱いをされるのは初めてだ。どうするのが正解なのだろう。

どうしよう、と固まるマリオンの右手を、そっとリヒトの右手が持ち上げた。彼はマリオンの右手を自らの右手の上に置くようにしてから、もう一方の左腕をマリオンの腰に回す。

「おひぃさま、胸を張ってください。あなたにはその価値がある」

――いい加減ご自分の価値というものをご理解なさってください。

この旅に出たばかりの頃、一部屋しか取れなかった宿の前で、そう言われたことを、何故か思い出した。私の、価値。そう内心で噛み締めるように呟いて、マリオンは今度こそ胸を張って一歩を踏み出した。リヒトが見事にエスコートしてくれる。まるで一国の姫君にでもなったかのようだ。

――アレクセイ殿下。今、マリオンはあなたの元に参ります。

右手のぬくもりに勇気付けられながら、マリオンはリヒトに手伝われて馬車に乗り込む。そして、マリオン達を乗せた馬車は、王宮へと向けて、今度こそ走り出したのだった。

＊＊＊

この道中でもまた何か災厄が襲ってくるのではないかと実はハラハラしていたマリオンだったが、意外にも馬車は、何事もなく王宮に到着した。本当に、マリオンの、アレクセイへの想いが、天に通じた結果だとでもいうのだろうか。そうだったらとっても嬉しいのに。

護衛として迎えに来てくれた青年に案内され、リヒトとともにアレクセイと謁見《えっけん》するために彼の執務室へと向かう。

話したいことがたくさんある。王宮に招いてくれたことについてお礼を言わなくてはならないし、今まで交わした手紙についての話もしたい。ずっとずっと、会いたかったのだということを伝えたい。そうして、それから、確かめねばならないことを確かめて、納得できたら、伝えよう。何よりも、アレクセイに、言わなくてはならないことがあるのだから。

脳裏で何度もその言葉を繰り返す。周囲の王宮勤めのメイドや貴族達が、質素と言えば聞こえはよく、ぶっちゃけて言えば貧乏くさい、なんとも質素なドレス姿のマリオンに対して、くすくすと嘲笑《ちょうしょう》を浮かべたり、眉をひそめたりしても、ちっとも気にならない。

王宮に着いてからこの方、すっかり黙りこくっているリヒトの様子が気にかかるが、彼だってもういい大人なのだから、いちいちマリオンにご機嫌取りをされるなんて心外だろう。

彼の腰の鞄にはウカがいる。結局、黙ったまま王宮にまで連れ込むことになってしまった。賢い子狐が大人しく鞄の中で丸くなっていてくれることに感謝していると、ふと先導していた騎士の青年が立ち止まった。彼の向こうには、立派な造りの扉がある。護衛として立っている兵士に目配せをしてから、青年は扉をノックした。

「殿下、ストレリチアス嬢と、その従者殿をお連れいたしました」

――いよいよだわ。

ごくりと唾液を飲み込もうとして、失敗した。口の中が、緊張でからからに乾いていた。ほんの一瞬前まで何も気にしていなかったのに、いざとなると自分の身なりが気になって仕方がなくなる。さんざん暴れ回り振り乱した髪は整えていないし、ドレスは前述の通りだ。呆《あき》れられたらどうしよう、と身体が震える。だが、そうして自分でも驚くほどするすると自信を失って丸くなってしまう背中が、ぽんっと軽く叩かれる。リヒトだ。肩越しに振り返ると、彼は微笑み、「大丈夫です」と小さく呟いてくれる。それだけで、どうしようもなく安堵してしまうのだから我ながら現金なものだ。

しゃんとマリオンが背筋を伸ばして胸を張ると、それを待っていたかのように、目の前の扉が開かれる。明るい日差しに目を細める。その日差しの中、部屋の奥のデスクの向こうに、こちらを向いて座っている、一人の青年。

「ようこそ、ストレリチアス嬢」

穏やかな声音が耳朶《じだ》を打つ。春の日差しの下で、今にもとけてしまいそうにきらめく、淡い金色の髪。みずみずしい碧《あお》の瞳が、じっとこちらのことを見つめている。レジナ・チェリ国の、麗しの王太子、アレクセイ・ローゼス。マリオンがずっと会いたくて仕方がなかった『金色の王子様』が、そこにいた。

言葉もなく彼に見入っていると、ごほん、と騎士の青年が咳払《せきばら》いをする。はっと息を呑んだマリオンは、慌ててドレスの裾を持ち上げて、貴族としての一礼をした。

「お、お久しゅうございます、アレクセイ殿下。マリオン・ストレリチアスにございます」

あなたの、婚約者です。そう言いたかったのに、できなかった。言いたいことはいくらでもあったはずなのに、いざとなると気の利いた言葉一つ出てこなくなる。言わなくてはいけないとあれだけ思っていた言葉すら、舌が絡《から》んで、うまく話せない。

そんなマリオンを微笑んで見つめていたアレクセイは、椅子から立ち上がり、マリオンの前まで歩み寄ってきたかと思うと、そっとそのまま、マリオンの手を持ち上げた。パラソルを振り回しているせいで節くれ立ち、家事をこなし続けたせいで荒れた手だ。そんな恥ずかしくて仕方がない手の甲に、アレクセイはそっと口付ける。ボンッとマリオンの顔が赤くなった。自分で言うのもなんだが、爆発するかと思った。

「お会いできて光栄だ。長旅、ご苦労だったね」

「い、いえ、そのような、ことは」

対するアレクセイはといえば平然としている。当然だ。ただの挨拶《あいさつ》でしかないのだから。恥ずかしがる自分の方が間違っているのだ。落ち着け、落ち着くのよマリオン。そう自身に言い聞かせるこちらを一瞥したアレクセイは、そのまま視線を、執務室の片隅へと向けた。その視線を追いかけると、そこには、十代中頃かと思われる、まだまだ若い少女がいた。その服装から察するに、彼女は王宮に仕えるメイドであるに違いない。

気付かなかった。どれだけ自分はアレクセイにばかり目を奪われていたのだろう。驚くマリオンをよそに、アレクセイは「プリエ」と彼女に呼びかける。

「はい、殿下」

「ストレリチアス嬢を客室に案内してやってくれ。ストレリチアス嬢、彼女はプリエ。私付きのメイドだ。何かあれば彼女に任せてくれればいい」

プリエという名のメイドは、にっこりと笑った。愛らしい笑顔だ。「よろしくお願いいたします！」と、頭を深々と勢いよく下げてくる。鮮やかな緑色の瞳が印象的な少女に、慌ててマリオンもまた頭を下げ返す。いやだがしかし、お世話になるその前に、一刻も早くアレクセイに伝えなくてはいけないことがある――と、そこまで思った、そのときだ。


「――アレクセイ様！」


ばたんっと大きな音を立てて背後の扉が開かれる。え、と思う間もなく背後から押し退《の》けられるようにして突き飛ばされた。完全なる不意打ちに、たたらを踏んでよろめくマリオンを、さっとリヒトが支えてくれる。ありがとう、と礼を言いながらも、マリオンは、目の前の光景から目が離せなかった。

豪奢《ごうしゃ》でありながらも嫌味ではない、かわいらしいピンク色のドレスに身を包んだ少女が、アレクセイに抱き着いている。美しい少女だった。年の頃は、十六か十七といったところだろうか。長く濃い睫毛《まつげ》に縁取られた瞳は、さながらアメシストのように美しい深い紫色だ。その瞳に、愛らしくも色香を放つ光を宿らせて、美少女はマリオンのことなどすっかり無視してアレクセイの腕に自らの腕を絡ませる。

「アレクセイ様、今日はわたくしと西の庭園でお茶をしてくださるお約束でしょう？　わたくし、もう待ちきれなくって、こうしてお迎えにあがりましたの」

子猫が甘えるようにアレクセイに擦り寄る美少女に唖然《あぜん》とするしかない。彼女は誰だろう。王太子ともあろうお方相手に、随分と親しげな様子である。

それだけでも衝撃的だというのに、もっと信じられないのは、アレクセイがそれを当然のことのように受け入れていることだ。腕にしなだれかかる美少女を見下ろすアレクセイの碧の瞳に宿る光は、蜂蜜よりも甘ったるい。

「すまない、ファラ。客人を迎えていたものでね」

「まあ、お客様？」

とろけるような笑みを浮かべて頷くアレクセイに促され、美少女はようやく、ちらりとその視線を、リヒトに支えられているマリオンへと向けた。

神秘的な紫の瞳に見つめられ、ついぎくりとしてしまう。そんなマリオンの姿を、頭からつま先までひととおり一瞥してから、美少女は笑った。とてもかわいらしく、それでいてぞくりとするような女の色香をも孕《はら》む、あまりにも魅力的な笑みだ。

自然と気圧《けお》されるマリオンを前にして、アレクセイは美少女の肩を抱き、「ファラ・マルメロリア男爵令嬢だ」と告げた。おそらく、彼はマリオンに、美少女――ファラ・マルメロリア嬢のことを紹介してくれたつもりなのだろう。けれど、アレクセイの碧の瞳は、マリオンのことをひとたびも見ることもなく、熱情を孕んでファラのことだけを見つめているものだから、なんというかこう、ただ単に、アレクセイの、ファラに対する睦言《むつごと》を、うっかり盗み聞きしてしまったかのような気分に陥《おちい》る。

――男爵令嬢、って。

呆然としながらも、マリオンは気付いた。十八歳の誕生日に、リヒトから聞かされ、この旅の最中でも幾度となく耳にした噂。

――王太子殿下は、男爵令嬢にご執心。

つまりはこれがそういうことなのかと、衝撃とともに納得する。認めたくないという気持ちは確かにあるはずなのに、アレクセイのその甘く微笑む顔を見てしまったら、納得せざるを得なかった。そんなマリオンに対して、ファラはまたかわいらしく笑いかけてくる。

「ただいまご紹介に与《あずか》りました。ファラ・マルメロリアと申します」

「は、じめ、まして。マリオン・ストレリチアスと申します」

「まあ！　ストレリチアス家というと、あの聖爵の位を冠していらっしゃる？」

「……はい」

「これは失礼いたしました。まさか聖爵家のご令嬢でいらっしゃるなんて、思いもしませんでしたわ」

にこにこと愛らしく笑うファラの言葉に他意はないのだろう。馬鹿にされているわけではないはずだ。だから、彼女の素敵なドレスを見ているとみすぼらしい自分の姿が改めて無性に恥ずかしくなってくる自分の方が気にしすぎているだけなのだ。そうに違いない。

気付けば後退《あとずさ》りしそうになってしまう。けれど、じり、と、一歩下がろうとしたマリオンの背に、とんっと軽い衝撃が走る。そうだった。自分は未《いま》だ、リヒトに支えられていたのだ。何一つリヒトは語ってはくれないが、それでもただそのぬくもりだけで安心してしまう自分に驚く。ああそうだ。マリオンには彼がいてくれる。

大丈夫、大丈夫。そう自分に言い聞かせているマリオンのことを、しばしじぃっと、それこそ睨《にら》むかのように見つめていたファラだったが、「ファラ?」とアレクセイに声をかけられると、すぐに愛らしい笑顔になった。

「なんでもありませんわ、アレクセイ様。それよりも、早くお茶をしに参りましょう?」

きゅ、とアレクセイの上着の袖を小さくつまんで、くいくいとファラは引っ張った。まるで薄紅の翼を持つ小鳥がそのくちばしで花の蜜をついばむかのような仕草に、誰が見てもそうと解るほど明らかに、アレクセイはその整った顔を笑み崩れさせる。甘ったるい声で「ああ、も

ちろんだよ」と告げて、彼はファラのこめかみに口付けた。

なんだろう。自分は何を見せられているのだろう。またしても呆然と固まる羽目になったマリオンだが、同じ光景を見ているはずのプリエというメイドは平然としていて、その光景を当然のものとして受け入れているようである。背後に控《ひか》えている騎士の青年にいたっては、微笑ましいとでも言いたげに、柔らかい光を瞳に宿してうんうんと頷いている。

——私、殿下の婚約者のはずよね？

いくら内内の密約であり、現在は秘匿《ひとく》されているとは言え、確かに、そのはずであったはずだ。密約であり秘匿されているからこそ、このたび成人したのを機に、アレクセイの婚約者として公表するとして、自分は王都に招かれたはずだった。しかし、目の前の光景を見ていると、そのれっきとした事実が根底から覆《くつがえ》されていくような気分になる。そうして、どうすることもできずに立ち竦《すく》むばかりのマリオンのことなど、最初から目に入っていなかったかのように、そのままアレクセイは、プリエに「後は任せたよ」と言い残して執務室を出ていってしまった。もちろん、ファラを見事にエスコートしながらである。

「あ、あの、プリエ、さん」

「はい、なんでございましょうか」

「殿下と、ファラ様は、いつもあんな感じなんですか？」

「はい、大変仲睦まじくいらっしゃるんですよ。素敵ですよね。あたし、憧れちゃいます」

「………そうですね」

他にどんな台詞が言えたというのだろう。にこにこと笑顔で同意を求められ、引きつった笑顔で頷きを返すと、きょとんとプリエの透き通るような緑色の瞳が瞬いた。

「どうなさったんですか？　あ、もしかして」

くすり、と、プリエは小さく笑って、下からマリオンの顔を覗き込んでくる。鮮烈な印象を見るものに与える緑色の瞳に、吸い込まれそうになる。

「――うらやましいんですか？」

貴女《あなた》ごときが？　と。言葉にはされなかったものの、言外にそう含まれているような気がした。カッとマリオンの顔に朱が走る。

うらやましい？　当たり前だ。うらやましいに決まっている。けれどそれを改めて指摘されてしまったことが、こんなにも恥ずかしく、無性にいたたまれなくてたまらない。

「わ、私は」

「おひぃさま」

何を言おうとしているのか自分でも解らないままに開いた唇を、背後から伸びてきた白い手が隠す。耳元でささやかれた、聞きなれた呼び声に、は、と、口を覆《おお》ってくるリヒトの手の下で息を呑んだ。途端《とたん》に、いつの間にか忙《せわ》しなくなっていた鼓動が落ち着いていく。強張《こわば》っていた肩から力が抜けた。

マリオンの緊張が解けたことを敏《さと》く感じ取ったらしいリヒトは、それ以上は何も言わず、マリオンから手を離す。遠ざかるぬくもりが、不思議と名残惜《なごりお》しかった。彼は何も言わずに、いつも通りの優美な笑みを浮かべている。それからなにやら不満そうな、どうにもおもしろくない、つまらないとでも言いたげな様子で唇を尖《とが》らせているプリエと、彼は改めて向かい合った。

「申し訳ありません。マリオン様は長旅でお疲れです。まだ日は明るいですが、ひとあし先に休ませていただけないでしょうか？」

「――さようでございますか。かしこまりました！」

リヒトの問いかけに対し、プリエはそれまでの表情から一転してぱっとかわいらしく笑みを浮かべ、完璧な礼を取ってみせる。そして「お部屋にご案内しますね」とくるりと踵《きびす》を返す。

マリオンとリヒトは、その後に続いた。

アレクセイの執務室を後にして、案内された先は、王宮内の施設の一つである迎賓館《げいひんかん》における貴賓室だった。「御用があればお呼びください！」と言い残して出ていったプリエを見送ってから、マリオンは改めて、想定外に立派な部屋にひえっと尻込みした。こんなにも立派な部屋を貸してもらっていいのだろうか――と戸惑うマリオンだったのだが。

「あなたは当たり前のように使うのね……」

プリエが出ていくなり、持っていた荷物を投げ出して、さっさと豪奢なソファーにしどけなく身を預けるリヒトの姿に、マリオンは脱力した。

「僕だって疲れているんですよ。おひぃさまもお疲れでしょう？　こちらにいらっしゃいますか？　僕の膝は空いていますが」

いけしゃあしゃあと言い放ったリヒトは、これまた優美な笑みとともに、ぽんぽんと自らの膝を叩く。ますます脱力してしまう。リヒトの言う通り、自分だって疲れているのだ。もうツッコミを入れるのも面倒臭い。

「はいはい、気持ちだけもらっておくわ。冗談もほどほどにしてちょうだい」

「本気なんですがね」

だったらなおさらタチが悪いわよ、と半目になるマリオンだったが、リヒトが投げ出した鞄の中からぴょこんとウカが飛び出してくるのを見た瞬間、「あら！」とすぐに笑みを浮かべた。

「ウカ、よくここまで我慢できたわね。なんて賢い子なのかしら！　流石ストレリチアス家の長男坊よ」

「いつの間にその小僧っ子が長男坊になったんですか？」

「家族にするって言ったじゃない。そのときからよ」

「さようで」

今更文句は言わせないわ、という気持ちを込めてリヒトを見つめると、てっきり嫌味の一つか二つか五つや六つくらい寄越してくるかと思っていたのに、彼は存外にあっさりと頷きを返してくるだけだった。

「リヒト？　その、どうかしたの？」

予想外にも素直な反応がどうにも気になって仕方がなかったから、直接問いかけた。しかし青年は肩を竦めるばかりでそれ以上この件について答える気はないようで、その代わり「おひぃさまこそ」とマリオンが求めた答えではない言葉が返ってくる。

「さぞかしショックを受けておいででしょう。ご無理なさらないでくださいね」

「え？」

「は？」

意味が解らず瞳を瞬かせるマリオンに、何故だかリヒトの方が不思議そうな顔をした。

「だから、王太子殿下のことですよ。それから、ファラ・マルメロリア男爵令嬢でしたか？　おひぃさまというものがありながら、あの態度。どちらもどういうおつもりなんでしょうかね」

「……そう、ね」

そうだ。そうだった。指摘されてようやく改めて思い返してみたが、やはりあの光景に、自分はショックを受けてもいいのだということを知る。あまりにもアレクセイとファラ、そして周囲の者達が、あの仲睦まじさを当たり前のことのように振る舞っているものだから、自分の方が間違っているのではないかとすら思えてきていたところだった。けれど、やっぱり、自分はショックを受けていいのだ。悔しがっていいのだ。そしてもちろん、悲しんでいいのだ。

幼い頃から恋焦《こ》がれ続けてきた、マリオンの『金色の王子様』。けれど彼にはどうやらもう、『お姫様』がいるらしい。マリオンではなく、ファラ・マルメロリアという美少女が。

裏切られたと悲しんでいいはずだ。怒っていいはずだ。それなのに。

「……ほっとしたの」

「はい？」

「ごめんなさい、なんでもないわ。それよりも、早くあなたはあなたの部屋に行きなさいな。疲れているなら、そっちで休みなさい」

小さな呟きは、幸か不幸か、リヒトの耳には届かなかったらしい。彼が不思議そうに首を傾げているのをいいことに、マリオンは手を振って彼を追い出そうとする。この貴賓室はマリオンのための部屋であり、その従者として王都までやってきたリヒトの部屋はまた別だ。先程案内してもらったばかりなのだから迷うことはないだろう。さっさと行ってちょうだいな、と、じろりと睨み付けると、同じだけの強さを持った濃金色の瞳に見つめ返される。

ぎくりとたじろぎそうになる。けれど足を踏ん張ってさらに見つめ返すと、やがてリヒトは諦めたような溜息を吐いてから立ち上がった。

「それでは、僕も休ませていただきますね。何かあれば必ずお呼びください」

「解っているわ」

「そのお言葉、一応信じますからね、一応」

「本当に一言余計よね、あなたって！」

「ありがとうございます」

にっこりと優美に微笑むリヒトの顔を張り倒したくなった。褒めてないしお礼も言っていない。さっさと貴賓室から出ていこうと、扉の方へと向かうリヒトの背中に、反射的にソファーの上の大きなふかふかのクッションを掴み上げてぶん投げようとするマリオンだったが、その寸前で肩越しに振り返ってくる濃金の瞳に、振り上げた腕を止める。

「な、なぁに？」

「僕にとっては」

この上さらにどんな余計な一言を言い出すつもりなのだろうと身構えるマリオンに対し、リヒトはその優美な笑みを消して、大真面目《おおまじめ》な顔で続けた。

「僕にとっては、おひぃさまこそが誰よりも『お姫様』です」

「！」

凍り付くマリオンを置いて、今度こそリヒトは、一礼を残して出ていってしまう。残されたのは、クッションを振り上げた状態のマリオンと、その足元で心配そうにマリオンを見上げるウカだけだ。

きゅん、と鳴きながら足に擦り寄られ、そうしてようやくマリオンは息を吐く。それから深く吸い込んで、もっと深く吐き出してから、どさりとソファーに腰を下ろし、振り上げていたクッションをぎゅうと抱き締めた。ウカがその隣に飛び乗ってきて、ぴったりとマリオンにくっついて丸くなる。そのぬくもりを感じながら、抱えたクッションに顔を埋《うず》めた。

「……本当に、一言余計なのよ」

マリオンが、『お姫様』なんて。どんな酷《ひど》い冗談だろう。ぐっと唇を噛み締める。脳裏に改めて思い出されるのは、アレクセイとファラの仲睦まじい姿だった。そうしなければ自分でもわけが解らない衝動がほとばしりそうだった。

ほっとした、と言った気持ちに嘘《うそ》はない。そうだ。確かにマリオンは安堵した。これならば、と。彼女ならば、と。けれど、だからと言って、ショックを受けていないわけではない。リヒトの言う通りだ。結局自分は、こんなにもショックを受けていて、それから遅れて怒涛《どとう》の勢いで悲しみに飲み込まれようとしている。

――僕にとっては、おひぃさまこそが誰よりも『お姫様』です。

ずるい。ひどい。そんなことを言われたって、ちっとも嬉しくなんかない。
だって、だってマリオンは。

「～～～～っ！」

クッションにばふっと顔を押し付けた。ウカがすりすりと擦り寄ってくる。小さなぬくもりの確かなあたたかさに、どうすることもできないまま、どうしてなのか解らないまま、一人で泣いた。

＊＊＊

それから、王宮での生活が始まった。

最初こそ、迎賓館の豪華すぎる調度品の数々に怖気《おじけ》づいていたが、一週間もすごせば流石に慣れもする。こうなると、ストレリチアス領に戻ったときが怖い。一度引き上げた生活レベルを、元に戻すのはとても難しいことだ。

私、大丈夫かしら。そんな一抹《いちまつ》どころではない不安を感じながら、マリオンは日々を過ごしている。

「あら、まただわ」

食堂で昼食を終えてマリオンのための貴賓室に戻ってみれば、ベッドの上で蛾《が》が羽を休めている。その辺のご令嬢であれば卒倒するに違いないほど大きな蛾だ。

しかしド田舎であるストレリチアス領育ちのマリオンからしてみればなんてことはない。今にも蛾に飛びかかろうとしているウカを制しつつ、もう一方の手でひょいっと蛾をつまみ上げ、そのままぽいっと窓から逃がしてやった。

ぱんぱんと手をはたき、さてお次はと、つい一瞬前まで蛾がいたシーツをめくり上げる。シーツの下に隠れていたのは小さなネズミだ。

なるほど二段構え。相手もなかなかやってくれる。動けないようにひもでぐるぐる巻きにされて転がされている姿は、あまりにも哀れだった。

「ウカ、だめよ。動けない相手を襲うのは騎士道に反するわ」

今度こそどんぐりのような目を輝かせてネズミに飛びかかろうとするウカを抱き上げる。ローテーブルの上に用意されている切り分けられた果物に手を伸ばし、くんくんと匂いを嗅ぎ、舌先でちろりと舐める。よし、変な臭いはしないし、舌先にしびれも感じない。これなら大丈夫だと判断したマリオンは、ウカにその果物を与えてから、自らの荷物からハサミを取り出して、ネズミを縛り上げているひもを切ってやる。

自由を手に入れて逃げ去るネズミを見送ってから、ようやくマリオンはソファーに腰を下ろす。本日のイベントはこれくらいだろうか。まだ油断はできないが、一つ一つは大したものではなく害も少ないことは、この一週間で学んだから、とりあえずは一安心していいだろう。

溜息を吐き出しつつ、ウカに与えたものと同じ果物を口に運んだ。とても酸っぱい。いつものことだ。

「……これは流石に、私が災厄令嬢だからってわけじゃないわよね」

もちろん果物のことではない。蛾やネズミのことである。

王宮のこの貴賓室ですごすようになってから、一週間。その間、マリオンは、これでもかというくらい、たび重なるいやがらせを受けていた。

出されるお茶や食事が冷めきっていることくらい序の口だ。まあ冷めていたってストレリチアス邸における食事よりももっとずっと立派なものなので、すべておいしくいただいた。

――たとえば食事の中に、非常に解りやすくたっぷりと異物が混入していたり。

もったいないのでぎりぎりまで食べられるところは食べた。大変おいしくいただいた。

――たとえば庭園を散策していたところ、思い切り水をぶっかけられたり。

こんなにも立派な庭園なのだから、お世話に夢中になってしまうのは当然の話だ。だからこそマリオンは、笑顔で「素敵なお庭だわ。あなたの日々のご尽力《じんりょく》の賜物《たまもの》なんですね」と水を撒《ま》いていた庭師に笑いかけたのだが、何故か真《ま》っ青《さお》になって逃げられてしまった。

――たとえばベッドのシーツに、赤い染みがそれはもう派手に散らされていたり。

その匂いから、その赤が血ではなく染料であることに気付いたマリオンは、そのままシーツを丸めて、リネン係に「きっとそう簡単に落ちないから、頑張ってね」と手渡した。今度は顔を真っ赤にされてシーツを奪い取られて逃げられてしまった。

――たとえば階段を下りようとしたら、思い切り前につんのめって身体が宙に浮いたり。

マリオンは宙で身体を反転させ、見事な着地を決めた。階段の上を見上げれば、両手を前に突き出した体勢のまま、呆然とこちらを見下ろしているメイドがいた。「そこ、滑りやすいみたいだから気を付けてください」と声をかけたところ、彼女は真っ青を通り越した真っ白な顔色になり、そのままやっぱり逃げられてしまった。

その他にもまだまだ色々あるのだが、とにかく、マリオンはいやがらせを受けているらしい、というのは、自分ではいまいちその自覚がないからだ。

最初は本当に気付かなかった。何分、マリオンは、災厄令嬢であったので。


――おひぃさま。それらは、一般的に、いじめやいやがらせと呼ばれるたぐいの行為です。


こんなことがあったのよ、とたまたま他意なくリヒトに伝えたところ、彼は、頭痛をこらえるように頭を押さえた。そして呆れ果てた声でそう指摘され、ようやく「そうだったの？」とマリオンは真実を知ったのだった。

いざそう指摘されてみたものの、何故いやがらせを受けねばならないのかと疑問が湧いた。けれど、すぐにその疑問は氷解した。

「……面白くないに決まっているわよね」

呪われしマリオン・ストレリチアス聖爵令嬢が、我らが麗しのアレクセイ・ローゼス王太子殿下に婚約を迫るためにやってきた。それがこの王宮における共通認識であるらしい。マリオンとアレクセイの婚約は既《すで》に成立しているはずなのだが、それを知る者はごくごく少数だ。彼らにとっては、マリオンは、『最後の聖爵家令嬢』という立場を盾にして、アレクセイに婚約を迫る、とんだ悪女であるわけだ。

「仕方ないことくらい、解っているけれど」

それでもやっぱり落ち込まずにはいられない。溜息を吐き出して、マリオンはバルコニーへと向かった。三階に位置するマリオンの部屋からは、王宮の中庭を一望できる。春のうららかな日差しに浮かび上がる庭園は、手入れが完璧に行き届き、何度見てもとても美しい。畑と化しているストレリチアス邸の中庭とは大違いだ。

手すりにもたれかかりながら肌を撫でていく柔らかな風に身を任せていると、遅れてウカもバルコニーにやってきた。思えばこの子には苦労をかけてばかりだ。王宮に狐を連れ込んだことがばれたら事であるため、いっそこっそり逃がしてあげるべきかとも思ったが、こんなにも一途《いちず》に懐《なつ》いてくれる子狐のことを手放すことはできなかった。

ストレリチアス領に帰ったら、屋敷の中庭を思い切り走り回らせてあげたい。そう思いながらウカを抱き上げて再び眼下を見下ろしたマリオンは、あ、と、思わず声をもらした。

美しい装飾がほどこされた小さな東屋《あずまや》。そこにいるのはアレクセイだ。そして、その隣にはファラが。一週間前に執務室で顔を合わせて以来、とんと音沙汰《おとさた》がなかった二人が、楽しげに笑い合っている。仲睦まじい、若い恋人達と呼ぶにふさわしい様子である。

マリオンはずきりと痛む胸を押さえ――る、ことはなかった。何故だろう。驚くほど冷静に、二人の姿を見ていられた。

「……よかった」

自然とそう思えた。あんなにも会いたくて仕方がなかったのに。こんなにも恋焦がれているはずなのに。それなのに、心は自分でも驚くほど凪《な》いでいる。その理由は、ちゃんと解っていた。アレクセイもファラも、こちらに気付く様子はない。当然だ。だからこそ余計に自分が蚊《か》帳《や》の外に追い出されていることを思い知らされる。それでいい。それがいい。そう思えてしまう。この光景を見て、納得するために、ここまで来たのだから。後はマリオンが、アレクセイに伝えるべきことを伝えるだけでいい。

だからこそ余計にマリオンは、アレクセイと再び謁見する機会を望んでいたのだが、生憎《あいにく》今日までそれは叶わないままだ。

アレクセイは、どういうつもりなのだろう。マリオンとの婚約を公表するために、彼はマリオンを王都に招いてくれた。けれど実際来てみれば、彼には想い人がいて、自分のことなんてまるっきり放置で、すっかり忘れ去っているようにすら見える。

手紙の中では、いつだって彼は自分のことを労《いた》わり、確かに慈しんでくれていたのに。

文面からだけでも伝わってくるアレクセイの優しさに、マリオンはすっかりとりこになった。ああ、そうだ、手紙だ。その存在を改めて思い出してみると、ようやくこの胸が痛む。

殿下、どうして。そう問いかけたいのに、近付くことすらできない。たとえ近付くことができたとしても、実際に問いかけることはできるだろうか。今度こそ、伝えるべきことを伝えられるだろうか。

完全に黙りこくって、アレクセイとファラを見下ろしているマリオンのことを、腕の中のウカが気遣わしげに見上げてくる。なんて優しい子だろう。その頭を撫でて、また溜息を吐いていると、ふと眼下の光景が変化した。

アレクセイとファラの元に、マリオンのことを迎えに来てくれた、王太子付きであるというあの騎士の青年が歩み寄っていく。彼はどうやら主人のことを呼びに来たらしい。青年とともに、名残惜しげにファラの頬を撫でてから去っていくアレクセイのことを、ファラは礼を取りながら見送っている。

いくらたまたまであるとはいえ、覗き見をしてしまったことには変わりがない。ウカ以外には誰もいないというのに、どうにもいたたまれなくなってしまい、部屋に戻るために踵を返す。

けれど、その寸前で、眼下において、視界に入ったのは。

「……リヒト？」

ストレリチアス家の使用人であり、この王宮においてはマリオンの従者という扱いを受けている、美貌の青年が、何故か中庭を歩いていた。いや、『何故か』と言うのは少々語弊《ごへい》があるか。

マリオンはその聖爵家令嬢という身分ゆえに、せいぜいこの迎賓館内くらいしか行動することを許されていないが、リヒトはそうではない。彼だけは最低限でも自由に行動できるよう、このたびの王宮の滞在においてマリオン付きのメイドとなったプリエを介して、アレクセイに取り計らってもらったのだ。

それでもリヒトは「僕がおひぃさまを差し置いて遊びほうけるとでも？」と優美な笑顔とともに言われたのだが、せっかく王都に、しかも王宮に来たのだからと、彼には自分の側にいるばかりではなく、好きに行動していいと今回は『命令』している。マリオンの気遣いにまた変な顔をしていたが、それでもなんとか納得してくれたらしい彼は、そのため基本的にマリオンのことを一人にしておいてくれている。

マリオンがいやがらせを受けていると知ったときには流石に「いい加減意地を張るのはやめていただけますか」と苦言を呈《てい》されたが、それでもマリオンは折れなかった。意地を張っているのは承知の上だ。でも、その意地が、今の自分を支えてくれているのだから。

あ、ファラがリヒトに気付いた。

彼の元に小走りになって駆け寄っていった彼女は、リヒトの前に辿《たど》り着く寸前で足をまろばせ前方へとつんのめる。あ、とまたマリオンが思う間もなく、危なげなくリヒトがファラを受け止めた。美貌の青年に軽々と受け止められた美少女は、おそらくはお礼を言っているのだろう。彼の腕に抱かれたまま、愛らしいかんばせにとんでもなくかわいらしい笑顔を浮かべている。その頬が、遠目にも、薄紅色に染まっているのが見て取れる。

対するリヒトは、どんな顔をしているのだろう。同性の目から見ても飛び抜けて愛らしいファラの笑顔に、アレクセイと同じように、甘く笑み崩れているのだろうか。そう思うとやっぱり胸がざわざわして、その場に立っていられなくなる。

ウカをぎゅっと抱き直したマリオンは、そうしてバルコニーから部屋へと戻った。そのままの勢いで、後ろ向きにベッドの上に倒れ込む。ぼふっ！と、柔らかくふかふかとした枕が、後頭部を難なく受け止めてくれる。ウカがきゅうんと鳴いた。子狐の身体を両手で掲げ、顔の前まで持ってきて、そのまま枕よりももっとふかふかなお腹《なか》に顔を埋める。

あたたかくて、優しくて、何故だか理由も解らないままに涙が出そうになった。部屋のドアがノックされたのは、そのときだ。

「マリオン様。プリエです。お茶をお持ちしました」

「あ、あら、ありがとう。入ってちょうだい」

ベッドから身体を起こすが早いか、ささっとウカをベッドの下に隠し、これまたささささっとドレスのしわを伸ばして身なりを整える。それを待っていたかのように、ティーセットとお茶菓子が乗ったカートを押しながら、プリエが部屋の中に入ってきた。

ソファーへと移動すると、流石王太子仕えのメイドというべきか、プリエは洗練された仕草でお茶菓子をローテーブルの上に置き、紅茶を淹《い》れ始める。最初から最後まで完璧な所作に感服しつつ、マリオンは改めて「ありがとう」と告げて、差し出されたティーカップを受け取り、さっそく口に運んだ。香りはもちろんのこと、温度も心地よく、完璧においしい。

　この王宮において、まともにマリオンを本来の意味での『聖爵家のご令嬢』扱いしてくれるのは、プリエだけだ。ありがたいものである。こうなることが解っていて、アレクセイはプリエをマリオン付きにしたのだろうか。だとしたら、まだ自分には希望が残されているのかもしれない。未だに諦め悪くそんなことを思ってしまう自分に失笑する。だって仕方がないではないか。どれだけファラとの仲睦まじい姿を見せつけられても、それでも今まで送られてきた手紙が、マリオンの心をアレクセイに縛り付けてしまうのだから。

　今のアレクセイの態度を見ていると、これまでの手紙には、マリオンが胸をときめかせるような意味なんて何もなかったのかもしれない。ただ、書面上だけの婚約者に対して、最低限の対応をしてくれていただけだったのかもしれない。それでも。それでも――いいや、だからこそ、マリオンは。

　考えれば考えるほどドツボにはまっていく思考に終止符を打つために、一気に紅茶をあおる。空になったティーカップをローテーブルに戻すと、すかさず再びあたたかな紅茶が注がれた。その琥珀《こはく》色の水面に映る顔の、なんて情けないことだろう。

「マリオン様？　どうかなされたのですか？」

「え？　いいえ、なんでもないわ」

　同年代の少女がこんなにも身近にいてくれるのは初めてで、それだけで嬉しくなってしまう。

だからこそマリオンは、もっと仲良くなりたくて、プリエにも正面のソファーを勧《すす》めた。

「あなたも座ったら？　一緒にお茶をしてくれると嬉しいのだけれど」

「ええっ⁉　そ、そんな、恐れ多いです……！」

「いいからいいから。ほら、座って」

立ち上がってプリエの華奢《きゃしゃ》な背を押してほとんど無理矢理ソファーに座らせ、続いて今度はマリオンが新たな空のティーカップに紅茶を注ぐ。これくらいなら慣れたものだ。なにせストレリチアス領では、何もかも自分でこなさなくてはならなかったのだから。

恐縮しきりのプリエだったが、「こっちもどうぞ」とマリオンがかわいらしい焼き菓子も一緒に勧めると、ぱっと顔を輝かせた。「それじゃあ……」と喜びを隠しきれない様子で早速焼き菓子を口に運ぶプリエの姿は、もともとかわいらしい容姿をしているのも相まって、小動物めいた愛らしさがある。

彼女もまた、ファラとは違う魅力を持つ美少女だ。マリオンとは似ても似つかない。アレクセイの周りには、美少女しかはべることが許されないのだろうか。それから、リヒトの側にも。

ストレリチアス領では考えもしなかったけれど、あのリヒトという飛び抜けた美貌の青年の側にいられる女性なんて、そうそういないに違いない。マリオンはたまたま彼の主人の一人として側にいられたけれど、それ以外に彼の側にいられる理由なんてあるだろうか。答えはもちろん『ない』一択だ。

そのことに改めて気付かされたマリオンは我知らず呆然とするが、プリエはそんなマリオンに気付いた様子もなく、「それにしても」と、焼き菓子を頬張りながらうっとりと呟いた。

「リヒトさんって、素敵な方ですね」

「え？」

ちょうど頭の中を占めていた名前をそのまま口にされ、マリオンは虚《きょ》をつかれて固まった。

プリエの鮮やかな緑色の瞳が、マリオンの姿を映して、きらりときらめく。

「メイド仲間の間でももうモテモテなんですよ。なんて綺麗な殿方なんだろうって！」

「そ、そうなの」

「はい！　みーんな、リヒトさんの気を引きたくて一生懸命になっちゃって、メイド長に怒られてるんです。でも、そんなメイド長も、リヒトさんに笑いかけられたら、ぽーっとなっちゃって！　ふふ、おかしいったら」

なんと返していいものか解らず、曖昧《あいまい》に頷くばかりのマリオンのことを、くすくすと笑いながら見つめてくるプリエの瞳は、とても楽しそうに輝いていた。

彼女の言うことは解る。ストレリチアス領でだって、王都にいたるまでの道中だって、さんざん各方面から秋波を送られていたリヒトだ。この王宮だってそうなるのは当然の流れだろう。

そんなことは解っているのに、何故だか今は無性に心がざわついて仕方がない。

「誰がリヒトさんの心を射止められるのかっていうのが、アレクセイ殿下とファラ様のお噂の次に持ち上がっている噂なんです。ねえ、マリオン様はどう思われます？」

名指しで問いかけられ、思わずびくりと肩が震えた。自分でも何故震えたのかが解らなかった。言葉に詰まるマリオンに、プリエはにっこりと笑みを深めて、ですから、と続ける。

「リヒトさんが、あたし達のうちの誰を選んでくれるのかってことですよ」

リヒトが、誰かを、選ぶ。

それは一人の男性であれば当然のことだ。リヒトが生涯をともにしたいという誰かがいるというのなら、そして相手が同じ思いであるというならば。

——私、は。

マリオンは、そんな彼を止める術《すべ》を、何一つ持たない。そのことに驚くほど衝撃を受ける。思えば、マリオンは、リヒトのことを何も知らない。四年前に突然「雇ってほしい」と言って現れた彼について知ることなんて、きっと数えるほどにもない。だったらいつ彼が「辞めさせていただきます」と言い出したとしても何の不思議もないし、誰も止めることなんてできないのだ。

「どうしました、マリオン様。ああ、もしかして」

——もしかして？

もしかして、何だろう。気付けば俯いていた顔を持ち上げてそちらを見遣《みや》ると、ぞっとするほどに透明な緑の瞳が、喜悦《きえつ》をにじませながらこちらを見つめている。

「まさか、リヒトさんが、ご自分から決して離れていかないだなんて思っていたんですか？」

貴女ごときが？　と、また言われている気がした。一週間前と同じだ。

うらやましいのか、と、こんな風にプリエに問いかけられたあのとき、マリオンはカッと頭に血が上るのを感じた。

けれど今は逆だ。さあっと血の気が引いていく思いだった。

「わ、わたし、は」

言葉が出てこない。気付けば膝の上の手を握り締めていた。早く。早く答えなくちゃ。すべてリヒトの自由だと。自分には関係ないことだと。その一言が、どうして言えないのだろう。

そのときだった。ベッドの下から小さな影が躍《おど》り出てくる。転がるようにして走り寄ってくる子狐の姿に、はっとマリオンは息を呑んだ。だめ、と止めるよりも先に、きゃん！　と勇ましく吠《ほ》えたウカは、そのままローテーブルの上に飛び乗って、プリエに向かって唸りを上げる。

きゃあ！　とプリエは勢いよく立ち上がって後退った。

「狐……っ！」

ひっと息を飲んだプリエに、きゃんきゃんと幾度となくウカは吠えたてた。その姿は、さながら絵物語の中の、お姫様を守る騎士のようだ。自分がお姫様なんて柄ではないことくらい百も承知の上だというのに、どうしてだか今ばかりはそう思わずにはいられなかった。

「し、失礼いたします！」

慌てて部屋から出ていこうとしたプリエが、扉を開け放つ。そのまま飛び出していくはずだった少女が、その場でたたらを踏んだ。どうかしたのかとそちらを見れば、そこには。

「リヒト……？」

話題の中心人物であった、リヒトが立っていた。その片腕に紙袋を抱えて、いつも通りの優美な微笑みをたたえている。彼の元に、プリエがぱたぱたと駆け寄って取りすがった。

「リ、リヒトさん！　大変なんです！　マリオン様のお部屋に、き、狐が……！」

「ああ、それは大変ですね。僕が対処しておきますから、この話は内密に。マリオン様のお立場に関わりますから」

ね？　と優美に微笑む青年に、それまで慌てふためいていたプリエは、息を呑んだようだった。そのままこくこくと何度も頷く彼女を、笑みを深めて部屋から送り出したリヒトは、そうして後ろ手に扉を閉めて、マリオンの元まで歩み寄ってくる。

「小僧っ子にしてはよくやりましたね」

労《ねぎら》いの言葉とともに、青年はウカの頭を撫でる。マリオンを守ってくれた小さな騎士は、当然だ！　とでも言いたげに一声凛々《りり》しく鳴いて胸を張る。一丁前の態度に珍しくも嫌味なく小さく笑ったリヒトは、それからようやくマリオンの方を見た。

「おひぃさま、大丈夫ですか？」

「だ、大丈夫って、大丈夫に決まってるじゃない。プリエとお茶をしていただけだもの」

「そうですか？」

「そうよ。ウカ、女性にあんな風に吠えたらだめよ？　紳士なら女性に優しくしなくちゃ」

確かに、ほっとしたのは事実だ。けれど何がどう『ほっと』してしまったのかは自分でも解らなかったから、マリオンは一応ウカのことを注意する。しかし「だめだったの？」とうるうると瞳を潤《うる》ませてこちらを見上げてくる子狐にこれ以上強く出ることはできず、「……ありがとう」と一言告げて、マリオンもまたウカのことを丁寧に優しく撫でた。

きゅうんと嬉しそうに擦り寄ってくるウカに、張り詰める糸のようだった緊張がとけていくのを感じながら、マリオンはリヒトを見上げた。ぱちりと目が合う。思わずどきりとするマリオンに、リヒトはいつものように優美に笑いかけてきた。

「はい、おひぃさま。お土産《みやげ》です」

「お土産？」

この王宮でお土産とはこれいかに。首を傾げつつ、差し出された紙袋を受け取る。紙袋越しでもあたたかさが伝わってくる。なんだろう、と思いながら口を開けると、紙袋の中には、ほかほかと湯気を立ち上らせる大きな白パンが入っていた。

「城下町で流行《はや》りの食事パンだそうです。中には牛肉のシチューが入っているそうですよ。相変わらずおひぃさまのお食事は冷たいものばかりのようですから、この辺でこういうものもいかがと思いまして」

「……ありがとう。王宮から出られないのに、よくこんなものを手に入れられたわね」

素直に嬉しい。リヒトの言う通り、この一週間というもの、プリエが用意してくれる紅茶以外に、ろくにあたたかいものを口にしていない。鼻をくすぐる甘いパンの匂いとふくよかな肉の匂いに胸がいっぱいになる。けれど。

「ああ、それはちょっと仲良くなったメイドのお嬢さん方が、ぜひにと買ってきてくれまして」

あたたかいパンによってあたためられたはずの心が、その台詞によって、一気に冷やされていく感覚がした。ともすればそのまま紙袋を取り落としてしまいそうになっているマリオンに気付いた様子もなく、リヒトはにこやかに続ける。

「流石王都育ちというべきか、皆さんとてもお綺麗な上にお優しい。まあでも、僕にとっては……おひぃさま？」

その呼びかけの後には、どうかなさいましたかと続けられるはずだったのだろう。四年もの付き合いだ。それくらい解る。けれど、解っていながらマリオンは、紙袋をリヒトの胸に突き返すことで、その続きを言わせなかった。

リヒトの濃金色の瞳が丸くなる。驚きをあらわにしている切れ長の瞳を睨み上げた。そうでもしなければ、涙ぐんでしまいそうだったからだ。

「どうせ私は、綺麗じゃないし、優しくもないわよ」

「おひぃさま、僕はそういう意味で言ったわけでは」

「じゃあどういう意味かしら」

「それ、は」

ぐっと言葉に詰まって変な顔になる青年のことを、マリオンは鼻で笑った。ほら、答えられない。やっぱり『そういう』意味だったのだ。

「おひぃさま、僕は」

「その呼び方、やめてって何度も言ってるでしょう!?」

いくら『おひぃさま』と――『お姫様』と呼ばれたって。どれだけ頑張ったって、マリオンは。


「私、私は、『お姫様』になんてなれないもの！」


ファラのようには、なれない。たとえ足をまろばせたって、リヒトは彼女のときのようにマリオンのことを受け止めてはくれないだろう。だって彼は、マリオンが自分で体勢を整えられることを知っているから。今まではそれが誇らしかったのに、今この瞬間、それがとても腹立たしく感じられてならなかった。

そんな思いの丈を込めた、涙をこらえた悲鳴のような叫びに、リヒトの表情が、『変』なものから『無』とでも呼ぶのがふさわしいようなそれになる。

　無言でその白い手が伸ばされる。けれど頬に触れるかと思われた寸前で、マリオンはその手を叩き落とした。

　ぱしん、と乾いた音が響き渡る。そこでようやくはっと息を呑んだマリオンは、リヒトの顔を見上げることができないまま、本当に小さな声で「ごめんなさい」と呟いた。

「頭を、冷やしたいから。だから、出ていってもらえるかしら」

　絞り出した声は、最後に残ったなけなしの矜持《きょうじ》のおかげで震えずにすんだ。リヒトは即答はしなかった。いつもならばすぐに「かしこまりました」と言ってくれるくせに。それからやっと、マリオンにとっては何時間にも思えるような長くも短い沈黙の果てに、リヒトは言った。

「それは、『お願い』ですか？」

「いいえ、『命令』よ」

「……かしこまりました」

　そのままリヒトは一礼して出ていった。白パンの入った紙袋ごと出ていってくれたことにほっとした。今の気分では到底あのパンを食べる気にはなれなかったからちょうどよかった。

「私、最低ね」

　完全に、どこからどう見ても、もういっそ完璧とすら言えるくらいに立派なやつあたりだ。リヒトには何一つ非はなかったのに、勝手に腹を立てて、怒鳴りつけて、追い出して。こんな自分、お姫様になれないのは当たり前だ。

ソファーの上で膝を抱えるマリオンの隣に、心配そうにウカが飛び移ってきて、すりすりと擦り寄ってくる。

「ありがとう、ウカ」

きゅん、とウカが鳴く。そっとその身体を抱き上げて、腕の中に閉じ込めた。抗《あらが》うことなく大人しく収まってくれる子狐に感謝しながら、マリオンは少しだけ泣いた。

そうして、リヒトとそれっきりになったマリオンの元に、アレクセイから、「婚約の公表の準備が整った」という報《しら》せが届いたのは、また一週間が経過した日のことだった。プリエから正式な書状を手渡され、彼女に「おめでとうございます！」と祝われても、マリオンの心は晴れなかった。

「ありがとう」と言いながらも、結局その心は、アレクセイとの婚約についてよりも、一週間前、最後にリヒトに見せられた『無』と呼ぶべき表情の方に囚《とら》われていた。

この一週間というもの、リヒトはとんと姿を見せない。それでも私の従者なの？　だなんて聞けない。聞けるはずがない。聞こうにも顔を合わせていないのだし、そもそも彼のことを拒絶したのはマリオン自身だ。今更どの面《つら》を下げて側にいてくれなんて頼めるだろう。

「マリオン様はアレクセイ殿下のご婚約者でいらしたんですね！　全然知りませんでした！」

「黙っていてごめんなさい。内内に結ばれた婚約だったものだから、私の一存では教えられなかったの」

「いいえ、お気になさらないでください！　ああでも、ファラ様、大丈夫かなぁ……？」

「…………」

プリエとしては他意はなく、ただ純粋にファラのことを心配しているだけなのだろう。だが、目の前に、そのファラにとっての諸悪の根源、つまりは自分がいることを忘れないでいただきたいというのはわがままがすぎるのだろうか。同意することも否定することもできずに曖昧に笑うことしかもうできない。

「お披露目の夜会は明後日《あさって》だそうですよ。それまでにめいっぱいお綺麗になりましょう！　ファラ様ほどは到底無理でも、大丈夫、あたしにお任せください！」

「……お願いするわ」

リヒトはリヒトで一言多い使用人であるが、このプリエもプリエでなかなか一言二言余計なところが多いメイドだ。別にいいけれど。彼女は何も間違ったことは言っていない。どれだけ頑張ったって、逆立ちしたって、マリオンがファラに勝てるわけがない。唯一勝てるのは純粋な身分としての聖爵家令嬢という立場だが、なにぶん呪いにまみれた聖爵位だ。いくら身分は低くとも、他になんの問題もない男爵位の方がよほど魅力的だろう。やっぱり勝てない。

はあ、と無意識に溜息を吐くマリオンは、明後日に開かれるのだというアレクセイとの婚約のお披露目のための夜会が、気が重く感じられてならなかった。そのために王都までやってきたのに。ずっと覚悟していた日が、現実になろうとしているのに。

「……へんなの」

「へ？　マリオン様、どうかなさいました？」

「いいえ、なんでもないの」

最初からこうなることになっていたのだから、それを受け入れるだけだ。プリエがにっこりと妙に満足げに唇の端をつり上げたことに気付かないまま、改めてアレクセイの手であろう書状に目を落とす。

――あれ？

見慣れた文字、のはずだった。これまでマリオンの元に届けられたアレクセイの手紙は、諳《そら》んじられるほどに何度も読み返している。だからこそ解る。

――これ、アレクセイ殿下の文字じゃ、ない、気がする。

だが、最後に押されているのは間違いなくアレクセイ王太子殿下の証《あかし》たる印璽《いんじ》だ。だったら、どういうことなのだろう。思考の中で分散している点と点をうまく結びつけることができずに頭上にいくつもの疑問符を浮かべていると、「マリオン様？」とプリエに呼びかけられる。

「ぼうっとなさって……。何か気になる点でもございましたか？」

「そ、ういうわけじゃ」

考えすぎだ。プリエのかわいらしい笑顔に、そう結論付けたマリオンは、そうして丁寧に書状を畳んだ。

「明後日、すっごく楽しみですね！」

無邪気に満面の笑みを浮かべるプリエに、マリオンもまた淡く笑った。そう、楽しみに思わなくては。だってようやく、八歳の頃から抱え続けた決意が叶うのだから。

第4章　落ち込んでいる暇もないなんて

王宮のあちこちで、色とりどりのガラスで彩られた灯りが灯《とも》される。夜会の合図だ。王宮に集《つど》った貴族達が楽しげに歓談しながら、夜会の会場である大広間へ向かうのを、マリオンは控《ひか》え室の窓からじっと見つめていた。

「お綺麗《きれい》ですよ、マリオン様」

「そ、そうかしら」

プリエがにっこりと太鼓判《たいこばん》を押してくれる。緊張に引きつる笑みを浮かべるマリオンを、改めて頭のてっぺんから足のつま先まで見つめた、記念すべき今夜すらも一言多いメイドは、ぐっと親指を立てて「ドレスはばっちりです！」と頷《うなず》く。

「本当に素敵なドレスですね！　ご自分で用意されていらっしゃるなんて驚きましたが、確かにこれならばアレクセイ殿下の前に出ても恥ずかしくありません！」

「……ありがとう」

暗に、「貴女《あなた》風情にはもったいない」と言われているような気もしたけれど、確かにその通りだと自分でも思うので、マリオンは今度こそ自然に笑って頷きを返す。今のマリオンの身を包むのは、リヒトが用意してくれた、あの見事な白銀のドレスだ。

　王宮側もマリオンのためにドレスを用立ててくれていたが、そのドレスがどれだけ立派であったとしても、マリオンはこの白銀のドレスを着たかった。プリエだけではなく、メイド長まで出張《でば》ってきて、「アレクセイ殿下のご厚意を無駄《むだ》にするおつもりですか？」と責め立てられたが、それでも譲らなかった。譲れなかった。

　そしてそのドレスに花を添えるのは、ストレリチアス家の家宝である、大粒のオパールのペンダント。胸の上で光を遊ばせるそれを見下ろし、そのゆらめく輝きを追いかけることで、なんとか緊張を和《やわ》らげる。

「いよいよですね。マリオン様、頑張ってください！」

「ええ。色々ありがとう、プリエ」

「これがあたしの役目ですから」

　大したことなどしていないと笑うプリエに先導され、いよいよマリオンは控え室を出た。大広間へと続く廊下を歩いていると、さまざまな視線を感じる。敵意ばかりではないのは、きっとこのドレスのおかげだ。そう思うと自然と背筋が伸びる。銀の靴を一歩一歩進めるたびに、思い描いてきた光景もまた近付いてきてくれるかのようだ。

　そして、いよいよ。いよいよだ。大広間と廊下をへだてる大きな両開きの扉の前で、スッとプリエが横に身を引く。警備の兵士が、掲げていた剣を下げた。

「マリオン・ストレリチアス聖爵家令嬢、ご入場にございます」

さあ、勝負どころだ。ドレスの裾を持ち上げて、深く一礼を。

ずっとずっと伝えたかったことを、伝えなくてはいけなかったことを、今こそ。

下げた頭は、許しが得られるまでは上げられない。そうしてどれだけ頭を下げ続けたか。楽にせよ、とでも言われるかとばかり思ったというのに、聞こえてきたのはそんなたぐいの言葉ではなく。

「――――反逆者、マリオン・ストレリチアスを拘束せよ！」

「ッ⁉」

耳を疑った。信じられない言葉だった。あまりにも信じられなかったせいで、反応が遅れた。

普段ならば軽くいなしてやれる相手であったに違いないのに、白銀のドレスに身を包み、かわりに愛用のパラソルを手放していたマリオンは無力だった。なす術《すべ》もなく左右から槍《やり》で取り押さえられ、その場に跪《ひざまず》かされる。

なに、なんなの。何が起こっているの。一切の抵抗を封じられたマリオンの目前に、カツン、と。一目で最高級のものと解《わか》る靴の先端が現れる。そしてその隣には、艶《あで》やかな紫色の愛らしい靴の先端も。わけも解らないままに、ただそうせねばならないという使命感だけに突き動かされて顔を上げたマリオンは、そうして目を見開いた。

「アレクセイ、殿下」

目の前に、盛装に身を包んだアレクセイが立っていた。その隣には、彼の腕に自らの手を絡《から》ませた、ラベンダー色の豪奢《ごうしゃ》なドレスを着こなしたファラが。呆然《ぼうぜん》と彼の名を呼ぶと、アレクセイはその整った、いかにも王子様然とした顔立ちを、嫌悪に歪《ゆが》めてみせた。

「気安く呼ぶな、呪われた田舎《いなか》娘ごときが」

「……っ⁉」

信じられない言葉だった。あるいは、信じたくない言葉だとでもいうべきか。凍り付くマリオンを後目《しりめ》に、アレクセイは、すぐ後ろに待機していた騎士の青年から、一枚の書状を受け取り、広げてみせた。

「ここに、マリオン・ストレリチアスの罪科を記した書状がある！　この娘はかつて、我が父と母である国王陛下、妃殿下の立ち合いの下《もと》に、私と婚約を結んだ。それは確かな事実である」

ざわりと大広間中がざわめいた。「そんなまさか」「我らが王太子殿下と、呪われた一族の末《まっ》裔《えい》が？」「冗談だろう」「ええ、たとえ真実であろうとも、自分から辞退すべきだわ」。そんな声がいくつも聞こえてくる。

ああ、と、そこでマリオンは、やはり相変わらず呆然としながらも気が付いた。周囲の者達は皆、驚いているふりをしているだけだということに。誰もが滑稽《こっけい》な芝居を演じている。嘲《あざけ》りを帯びた視線の先にいるのはマリオンだ。誰もが皆、愚かな田舎娘を見下している。

周囲の反応に満足げに頷き、『婚約』という言葉に悲しげに眉根を寄せたファラの肩を労《いた》わるように抱いたアレクセイは、さらに朗々と響く声で続ける。

「ただの婚約であったならば、私もこのような真似はしなかった。だが、マリオン・ストレリチアスは、愚かにも、私の婚約者であるという立場を利用して、現ストレリチアス領において暴政を敷いたばかりか、いずれ近しくなる私の命をも狙い、さらにはこのレジナ・チェリ国を支配しようとしていたのだ！」

「……はい？」

なんの話だ。ぽかんと口を開けて、マリオンは呆然とアレクセイのことを見上げた。あまりにも驚きすぎて、それまでなんとかこの拘束から抜け出そうとしていたことすら忘れてしまった。ぺったりと床に座り込みながら、アレクセイの言葉を反芻《はんすう》する。

暴政？　アレクセイの命を狙う？　極めつけはこのレジナ・チェリ国の支配？

どんな冗談よ⁉　と、こんな状態でもなければマリオンは盛大に叫んでいたに違いない。なんて荒唐無稽《こうとうむけい》な話だろう。マリオンこそが当事者であるはずなのに、マリオンを置き去りにして、アレクセイは書状を騎士に預け、「そして、何より」とより強くファラを抱き寄せた。

「マリオン・ストレリチアスは、嫉妬《しっと》にかられ、私の愛《いと》しいファラにまで手を出そうとしたのだ。その罪は、何よりも許しがたいものである！」

「アレクセイ様、わたくし、怖かった……っ！」

「ああ、かわいそうなファラ。大丈夫だとも。私は必ず君を守ってみせる」

「アレクセイ様……！」

ひしっと抱き合うアレクセイとファラの様子に、周囲の者達は誰もが微笑《ほほえ》ましげに頷いたり、あるいは感極まったように涙ぐんだり、アレクセイの采配を褒《ほ》め称《たた》えたり、ファラの可憐《かれん》さに見惚《みと》れたりしている。

どこからツッコミを入れていいものか解らず、ただ「どういうことなの」と内心で呟《つぶや》く。

ファラと直接顔を合わせたのは、アレクセイの執務室における、初対面のあのときだけだ。協力者もいないというのに、どうやってマリオンがファラに手を出せたというのだろう。やはり何が起こっているのか解らない。

ただただ唖然《あぜん》呆然愕然《がくぜん》と座り込むマリオンのことを、ようやくファラから身を離したアレクセイが冷ややかな笑みとともに睥睨《へいげい》した。そして、ファラもまたマリオンのことを嘲笑《ちょうしょう》とともに見下ろしてくる。周りの貴族や兵士達の目も似たようなものだ。

「汚《けが》らわしく呪われた『災厄令嬢』が、王太子たる私と、本当に婚約が結べると思ったのか？

この十年というもの、今日という日をどれだけ心待ちにしていたことか！　ああ、ようやく私はお前から解放される！」

「なんてお労《いたわ》しいのでしょう。アレクセイ様、これからはわたくしがお側《そば》におりますわ」

「ありがとう、ファラ。君のような素晴らしい女性もいてくれるというのに……」

アレクセイの碧《あお》い瞳が、蔑《さげす》みを宿してマリオンのことをまた見下ろした。言葉もなくその整った冷たい表情を見上げることしかできない。視線が合った瞬間、足で顔を蹴《け》り飛ばされる。

痛い、というよりも、ただその衝撃に驚いた。口の中に鉄錆《てつさび》の味が広がる。

ショックを受けるよりも先に納得する。そしてようやく理解した。これは、すべて仕組まれていたのだと。マリオンとの婚約公表のためなんかじゃない。逆だ。この夜会は、婚約破棄《はき》のために、アレクセイが仕組んだことなのだ。

周囲の反応から察するに、彼らは皆、王太子たるアレクセイを支持する派閥に属している者達なのだろう。彼らの前でマリオンを、謂《いわ》れなく断罪することで、マリオンを排し、彼はファラと添い遂げようとしているのだ。

「ッ!?」

ぱしゃん、と。蹴り飛ばされた顔に向かって、冷たい何かがかけられる。ワインだ。ぼたぼたと乱れた髪から葡萄《ぶどう》色の雫《しずく》をしたたらせつつそちらへと視線を向けると、アレクセイに肩を抱かれたファラが、空になったワイングラスを片手に、愛らしく微笑んでいた。

「ほら。そのドレス、もっと素敵になりましてよ？」

は、と。息を飲んだ。美しい白銀のドレスに、いくつもの赤い染みが広がっていく。顔を蹴り飛ばされたことよりも、もっとずっと大きな衝撃がマリオンを襲った。だってこれはリヒトが用意してくれたドレスだ。

マリオンのためにと、あの働くことを好まないリヒトが、わざわざ自分で代金を工面して贈ってくれた、マリオンにとっては最高のドレス。

それがあっという間に見る影もなくなってしまったことに、マリオンは凍り付く。

「────手紙、は？」

「うん？」

「今まで、私に贈ってくださったお手紙のすべては、偽りであったのですか？」

震えてかすれる声で問いかけた。

今までアレクセイと交わしてきた手紙のやりとりは、何もかもマリオンにとって宝物だ。だからわざわざ王都までの旅路にすら、トランクにしまって持ってきた。マリオンにとってのアレクセイは、その手紙の中でしか知らないけれど、それでも十分だと思えるほどに、確かな実感をともなうものだった。幾度となく読み返した手紙の中に込められていた、あの労わりの言葉は、そっけないながらも優しいぬくもりに満ちた言葉のすべては、嘘《うそ》だったのか。

せめて、せめてあの手紙だけは本物であってほしい。

そうすがるようにアレクセイを見上げると、彼は「手紙？」と訝《いぶか》しげに首を傾《かし》げた。

「手紙とは、何のことだ？」

「……え？」

「もしや、四年前までお前がしつこく送り続けてきていた手紙のことか？　どれだけ無視をしても諦《あきら》め悪く送り付けてくるものだから、私も辟易《へきえき》したものだ。もちろんすべて処分しているに決まっているだろう。それがどうした？」

アレクセイが、嘘を言っているようには見えなかった。フン、と鼻を鳴らしてマリオンを蔑むばかりの彼からは、何かを隠しているような様子は見受けられない。

どういうことなの、と、マリオンはまた呆然とした。そして、気付く。

アレクセイは『四年前』と言った。四年前。

そのとき、何があった？　マリオンの身近で起きた変化は？


――――リヒト？


そうして浮上したたった一つの名前に、マリオンは先程《さきほど》までとは違った意味で呆然とする。

四年前から、ストレリチアス家の使用人となった、あの美貌の青年。八歳のときからアレクセイにあてて出し続けた手紙は、当初はちっとも返事が来なかった。王太子である彼の忙しさは想像するにたやすかったから、仕方がないと諦めていたし、そうでなくともたかだか時候の挨拶《あいさつ》程度しか書けなかった手紙に対して返事なんてあるはずがないと思っていたけれど、ある日突然返事が届いた。それも四年前。リヒトが、「お手紙ですよ」と渡してくれた。

そうだ。いつだって、『アレクセイからの返事』は、リヒトが手渡してくれていたし、そういえばマリオンからアレクセイにあてた手紙もまた、いつもリヒトが「お預かりしますね」と持っていってくれていた。王宮に確実に届くように手配しますから、と、いつもの優美な笑みで言ってくれた彼に感謝し、そのまま任せきりになっていた。

そうして、マリオンは、「まさか」とようやく結論に思い至る。

──全部、リヒトからだったの？

アレクセイからの返事であるとばかり思っていた手紙のすべては、リヒトの手によるものだったのではないか？　そういえば先達《せんだつ》てこの夜会に招かれたときのアレクセイからの書状の文字は、いつも目にしていた手紙の文字と、筆跡が違っていた。

つまりはそういうことだ。そうだとも。マリオンが恋した手紙は、すべて。

──リヒト……！

今更気付けた真実に、がつんと頭を殴られた気がした。その衝撃にめまいすら感じるマリオンを見下ろして、アレクセイはこれみよがしに、はあ、と溜息《ためいき》を吐く。

「本来ならばわざわざこんな夜会の場など設けずとも、王都への道中でお前のことを片付けておくはずだったんだがな。まったく、流石《さすが》災厄令嬢だ。そのしぶとさも害虫並みということか」

「じゃ、あ。今まで、私達を襲ってきたのは、殿下の……」

王都までの道中で、さんざん野盗だのなんだのに襲われたのは、自分が災厄令嬢であるからだとばかり思っていた。けれど今のアレクセイの発言を鑑《かんが》みるに、彼らは皆、アレクセイの計らいによる襲撃者であったのではないか。

そう問いかけるマリオンを小馬鹿にするようにアレクセイは笑う。その笑顔が教えてくれた。すなわち、その通り、と。

「────ッ!!」

もう、我慢できなかった。ぶるりと全身が震えた。とうとう悲しみを怒りが飲み込む。

「このっ！」

それまで完全に脱力し切っていたマリオンに対し、拘束していた兵士は完全に油断していたらしい。それをいいことに、飛び抜けた身体能力を誇るマリオンはダンッと床を蹴り、突き付けられていた槍を振り払った。そのまま拳《こぶし》を握り締め、アレクセイに襲いかかる。

～～～～ばきぃっ!!

骨と骨がぶつかる、鈍《にぶ》い音がした。マリオンは銀灰色《ぎんかいしょく》の目を見開く。

だって、だって、今、アレクセイの顔を思い切り殴りつけたのは、マリオンではなくて。


「歯を食いしばりあそばしてください」

──いや、もう殴ってるじゃん。


そう突っ込んだのは誰だったのか。マリオンであったのかもしれないし、周りの者達全員の総意であったのかもしれない。

ずさあああああっ！　と勢いよく倒れ込んだ挙句《あげく》、それればかりでは衝撃を受け止めきれなかったらしくそのままさらに床を滑っていくアレクセイに、ファラが、「きゃあああああっ!?　アレクセイ様!!」と悲鳴を上げた。

騒然とする貴族達の中心で、「は？　え？」と立ち竦《すく》むマリオンの目の前に、カツン、と硬質な足音とともに立ち塞《ふさ》がったのは、立派な貴族子息としての衣装に身を包み、その顔の上半分を、繊細な細工の仮面で覆《おお》った青年。うなじで結われた長い髪は、まるで王冠を頂いたかのような濃金色。

まさか、と、彼に見入るマリオンの目の前で、ぽいっと青年は、顔を覆っていた仮面を放り出した。

「りひ、と」

「はい、おひぃさま。貴女のリヒトです」

マリオンが、今、一番会いたいと、会いたくてたまらないと思っていた青年は、そうしてその飛び抜けた美貌に、蜜よりも甘い笑みを浮かべてみせた。

「どうして」

マリオンが怒鳴りつけてからというもの、とんと音沙汰《おとさた》がなく、すっかり姿を消していた彼が、どうしてこのタイミングでここにいるというのだろう。やっぱりわけが解らない。

もう何度目かも忘れてしまった衝撃にやはり呆然とするしかないマリオンに、リヒトは、

「やっぱり僕は肉体労働は向いていませんね」と、アレクセイの頬を殴りつけた手をひらひらと振りながら、にっこりと笑った。

「少々所用がありまして。本来ならば僕があなたのエスコート役を授かりたく、この衣装も用意していたのですが、申し訳ありません」

間に合いませんでした、と、悪びれるでもなく言い放つリヒトに、マリオンはその場にへなへなと座り込みそうになる。その寸前でリヒトに抱えられて胸に引き寄せられ、ボンッとマリオンは顔を赤く染めた。

「リ、リリ、リヒトッ！」

無性に照れくさくて身をよじるマリオンの抵抗を一切封じて、リヒトは「役得ですね」と続け、そしていかにも残念そうに溜息を吐いた。

「ずっとこうしていたいのですけれど、生憎《あいにく》、そういうわけにはいかないようで」

心底うんざりした口調でリヒトがそう呟いた途端《とたん》、ザンッ！　と。周囲を囲まれ、一斉に兵士達から剣の切っ先を向けられる。

そういえばこういう場合だった。兵士達の向こうで、ファラに支えられながら、アレクセイが既《すで》に真っ赤に腫《は》れあがりつつある頬を押さえながら怒鳴った。

「反逆者どもを捕らえろ！」

そうして、マリオンとリヒトはそのまま、兵士達によって捕らえられてしまったのだった。

＊＊＊

捕らえられたマリオンとリヒトはそれぞれ、弁明する余地などもちろんないままに、隣り合う牢屋《ろうや》にぶち込まれる運びとなった。

ぽちゃん、と、どこかで水音がする。暗く湿っぽく、何とも言いがたいすえた臭いがする牢屋の壁にもたれて、マリオンは溜息を吐いた。

どうしてこんなことになってしまったのだろう。どこで間違えてしまったのだろう。それとも間違いなど犯さなかったとしても、いずれ災厄令嬢である自分には、こういう運命が降りかかってきたのだろうか。

自分にまとわりつく不運や災難が、自分だけに降りかかるならいい。けれど周りの人々にまでその害が及ぶのは、どうしても我慢ならない。いくらアレクセイの卑劣《ひれつ》な計らいだったとはいえ、リヒトまで巻き込んでしまったことが悔やまれてならない。アレクセイだって、マリオンがまともな令嬢だったら、災厄令嬢なんかじゃなかったら、ここまではしなかったかもしれないのだから。

「おひぃさま」

「リヒト？」

「そこに、いらっしゃいますか」

「つぇえ！」

背中を預けている壁越しに、リヒトの声が聞こえてくる。

はっと息を飲み、身体《からだ》ごと振り返って壁にすがった。

「大丈夫ですか、おひぃさま。お怪我《けが》などされていませんか？」

「平気よ。私よりも、リヒト、あなたの方が……っ！」

労わるようにかけられた声にかぶりを振る。多少乱暴にされたし、アレクセイに蹴り飛ばされた頬は痛むものの、それ以上の怪我もなく大事はない。牢屋にぶち込まれている現状を無事だと言っていいのかについては若干《じゃっかん》疑問が残るが、それよりも、リヒトだ。

アレクセイのことを思いっきり殴りつけたリヒトは、拷問《ごうもん》とまではいかなくとも、マリオンよりももっと乱暴な扱いを受けたことだろう。壁越しではその姿は解らないが、どことなくその声からいつもよりも精気が失《う》せているような気がして、マリオンは気が気でなかった。

だが、予想に反して、軽やかな笑い声が返ってくる。

「僕も一応無事ですよ」

「なら、リヒト、貴方《あなた》は魔法が使えるのでしょう!? 私のことはいいから、だから……っ」

「生憎、この牢屋には魔封じの結界が張られているようでして。魔法のたぐいは一切行使できないようになっています」

「そんな……」

リヒトだけでも彼自身の魔法で逃げ出すことができればと思ったのに、どうやらそれも叶《かな》わないらしい。壁にすがりついて肩を落とすマリオンの姿が、まるで手に取るように解るのか、青年の笑い声がまた聞こえてきた。

「一応保険をかけてありますから、それを待ちましょう。それより、僕のせいですみません」

「……それは、アレクセイ殿下を殴ったことについての謝罪?」

「はい」

「じゃあその謝罪は撤回してちょうだい。あんなの構わないわ。スカッとしたもの」

リヒトが殴らなかったら、自分で直接殴っていた。だから、マリオンからアレクセイを殴る機会を奪ってしまったという意味での謝罪ならば受け入れよう。それ以外の謝罪はいらない。

何より、あのタイミングでリヒトが現れてくれたことが、本当に嬉《うれ》しかったから、だからやっぱり謝罪なんていらないのだ。

そう小さく笑ってみせると、壁越しでもその笑い声は伝わっていたらしく、リヒトもまたくつくつと喉を鳴らす。

「他の男から贈られたドレスを着て、あんな男と婚約発表なんてしようとするからですよ」

揶揄《やゆ》混じりのその言葉に苦笑した。なるほどごもっとも。でも。

「だって、八歳のときから夢見ていた、とってもおきのイベントだったんだもの。他のどんなドレスよりも、このドレスがよかったの」

白銀の輝きなんてもう失われて、ワインの染みだらけになってしまっているけれど、それでも今なおこのドレスのことを特別だと思える。

それはきっと、いいや、絶対にリヒトのおかげだ。魔法にかけられたような気分だった。

そっとすべらかなスカート部分を撫《な》でて、ふふ、と笑うと、リヒトが溜息を吐くのが聞こえてきた。壁越しで見えないが、絶対につくづく呆《あき》れたような表情を浮かべているに違いないと思えるような、深い溜息だった。

「だから貴女は趣味が悪いって言っているんですよ」

「解っているわ」

「は？」

「私の趣味が悪いことなんて、私が一番よく解っているって言っているのよ」

「はあ？」

どういうことだとでも言いたげにリヒトが首を傾げる気配が伝わってきた。

「あれだけ王太子のことを好き好き言っておいて、それで悪趣味とはどういう意味です？　実際はあんなのでしたけれど、今までのおひぃさまが知る限りの王太子は、そう悪い男でもなかったんでしょう？」

「そうね」

不思議だ。直接顔を合わせているときよりも、よっぽどリヒトの存在を身近に感じる。だからだろうか。もう言ってもいいか。いいだろう。だってこれがきっと最後なのだから。そんな気分になった。

「ねえリヒト。私はね、アレクセイ殿下のことをお慕いしていたけれど、でも、殿下が私のことを同じように想ってくださることなんてありえないって解ってたの」

初めて出会った、八歳のときから、ずっと。

そう続けると、リヒトは無言になった。けれどその沈黙は、マリオンの話を聞くつもりがないからというわけではなく、逆に、腰を据えて聞くつもりになったという証《あかし》であることが伝わってきたから、マリオンはなんのためらいもなく続けた。

「初めてお会いしたときにね。殿下は私のことを、大層嫌悪している瞳でご覧になったの」

今でも、驚くほどはっきりと覚えている。嫌悪と軽蔑が入り混じる光を宿してこちらを見つめてきた、アレクセイの美しい碧の瞳を。表情こそ笑顔が浮かべられていたものの、それが巧妙に取り繕《つくろ》われたものであることになんてすぐに気付いた。

あの碧い瞳を見た瞬間、八歳のマリオンは理解した。アレクセイは、きっと――いいや、絶対に、マリオンを好きになることはないだろうと。マリオンにとってアレクセイはようやく出会えた『金色の王子様』だったけれど、そんな彼はマリオンのことを心の底から嫌っている。

「殿下に嫌われていようとも構わなかったわ。むしろ嬉しかった。それでいいと思ったの」

「それが何故かとうかがっても？」

「何故かも何もないわよ。だって、私は私のことを好きになるような趣味の悪い殿方なんて願い下げだわ」

《寛容》の聖爵家たるストレリチアス家と縁故を結んだ時点で、その相手もまた聖爵家にかけられた呪いの因果に巻き込まれてしまう。聖爵家にかけられた呪いとはそういうものだ。だから歴代の聖爵家の血に連なる者達は、自然と聖爵家同士で婚姻を結んできたのである。

「私は、私の代で聖爵家を終わらせるつもりよ。叔父《おじ》様がご結婚なさって子供をお作りになったらそれはそれでおめでたいことだけれど、私個人としては、誰とも結婚する気はないし、子供も作る気はないの」

もう誰もこの身の呪いに巻き込むつもりはない。例外はウカくらいだ。あの小さな子狐《こぎつね》に『覚悟はあるのか』と問いかけたのは、だからだった。災厄を約束されようとも、マリオンの側にいたいと思ってくれるのならばと。言葉足らずながらも、そういうものをひっくるめた問いかけに、それでもウカは答えてくれた。だからマリオンはウカを受け入れたのだ。

けれどアレクセイは違う。マリオンを受け入れることはない。それでよかったのだ。だから。

「婚約のお披露目で、誰かが言っていたでしょう。『アレクセイ殿下との婚約なんて、自分から辞退すべき』だって。言われるまでもないって感じだったわね」

マリオンは、最初からその気だった。アレクセイとの婚約を、初めから反故《ほご》にするつもりで、この王都までやってきた。

「『今まで夢を見せてくださり、ありがとうございました』って、伝えるつもりだったの」

もう十分すぎるほどマリオンはアレクセイに幸せな夢を見せてもらえたから、だから次はアレクセイこそが幸せになるべきだと思った。八歳のときから決めていた。手紙をもらえるたびにその思いは強くなった。だからわざわざ王都まで来たのだ。アレクセイとファラの姿を見た時に感じた安堵《あんど》は、ファラのようにかわいらしい少女が側にいるならば、間違いなくアレクセイは幸せになれるだろうと思えたからだ。

「『おしあわせに』って、言いたかったのよ」

それがマリオンにできる、アレクセイへの精一杯の恩返しだった。だからこそ余計に、まさかこんなことになるとは思わなかった。

「私はね、『金色の王子様』には幸せになってほしかったの。物語はハッピーエンドで終わるべきだわ。だから前に、リヒト、あなたは私に、『金髪なら自分でもいいのか』って訊《き》いてくれたでしょう。ふふ、冗談じゃないわ。結局あなた、なんだかんだ言いつつ私のことを好きでいてくれるんだもの。私の『金色の王子様』にできるはずがないじゃない」

だからあのとき、嫌だと即答したのだ。頼まれたってごめんだった。リヒトには、幸せになってほしいのだから。『金色の王子様』はハッピーエンドで終わらなくてはならないのだから。

——でも。

「それでも、ね」

声が震えた。ぽたり、と、マリオンのまなじりから、透明な雫がこぼれ落ちる。それはとどまることはなく、幾筋も幾筋もマリオンの頬に筋を残して、ぽたぽたとドレスの上にさらなる染みを作っていく。

「でも、私、気付いたら、本当に本当に、殿下のことが好きに——ううん、殿下じゃない。私に届けられる手紙の相手が、好きになっていたの」

壁の向こうで、リヒトが大きく息を呑む気配がした。構わずに続ける。

「だって、いつだってあの手紙は優しかった。あの手紙を読んでいる間は、私は『災厄令嬢』じゃなくて、本当の『お姫様』になれる気がしたから」

嫌われていることが解っていたから、アレクセイへの手紙は、当初は最低限の頻度《ひんど》に留め、最低限の挨拶程度の内容しかしたためていなかった。返事なんて期待できるはずがなかったけれど、それでよかった。返事があったって、いつか来る別れが辛《つら》くなるだけだ。それなのにマリオンは、初めて手紙を受け取ったとき、確かに嬉しかった。喜んでしまった。もっと手紙の中の言葉が欲しくなってしまって、気付けば頻繁《ひんぱん》に手紙を出すようになっていた。そのたびに返ってくる手紙に、どれだけ救われたことだろう。

「ねえ、リヒト。あの手紙は全部、あなたがくれたんでしょう?」

問いかけというよりは確認の意味合いが強い問いかけに対し、しばらくリヒトは何も言わなかった。けれど今更何を言われたって、ごまかされる気はない。ここで即座にリヒトが否定しなかったのがいい証拠だ。やっぱりいつも手紙の返信をくれていたのは、彼だったのだ。

「どうして私に手紙をくれたの?」

「……気まぐれでした」

最初は、と、短く続けられた声に、溜息が混じる。諦めのにじむその声は小さなものだ。かすかなその声に懸命に耳を傾けると、リヒトは壁の向こうで笑ったようだった。

「一度だけのつもりでした。からかって、すぐにネタ晴らしをしたっていいと思っていました。でも、貴女があまりにも喜ぶものだから、言えなくなってしまいまして」

「そ、う」

「はい。手紙を渡すたびに貴女の笑顔を見られるのが、僕は、俺は、本当に嬉しかった。まあ悔しさも大いにあったわけですけれど」

　くつくつとまたリヒトは笑う。かあっとマリオンは顔が赤くなるのを感じた。なんだか、とても恥ずかしいことを言われている気がする。気がするというか、実際に言われているのだ。熱くなった顔を、誰に見られているわけでもないというのに、隠すように両手で覆ったマリオンに、はたしてリヒトは気付いているのか。軽やかな笑い声が上がる。

「おひぃさまの言う通りだ。俺は、とんでもなく趣味が悪ぃ」

　笑みを含みつつも、なんとも忌々《いまいま》しげという、よくもそんな器用な声が出せるものだと感心したくなるような声音で、リヒトは吐き捨てた。マリオンもとうとう噴き出してしまう。

　やっぱり顔が熱い。気恥ずかしい。そして、そんな場合ではちっともないというのに、こんなにも、どうしようもなく嬉しい。だって、リヒトの趣味が悪いということは、つまり。

「私も同じよ。あなたからの手紙に恋をしていたなんて、悪趣味極まりないわ」

　お互いに、そういうことなのだ。そしてマリオンとリヒトはひとしきりくすくすと笑い合った。それから、ふう、と、ここにきてようやく嘆かわしげな溜息をリヒトは吐いた。

「むかつく。あんたを抱き締めたくてたまらねぇ」

いつも慇懃無礼《いんぎんぶれい》とすら呼べるほどに丁寧《ていねい》な口調はどこに投げ捨てたのか。チッという舌打ちとともに告げられた台詞《せりふ》に、マリオンは涙のにじんだ目尻をぬぐって、また笑った。

「それも、お互い様ね」

マリオンだって、リヒトのことを、こんなにも抱き締めたくてたまらない。本当に不思議だ。そんな場合なんかでは、ちっともないのに。

王太子に対する暴行、そして事前にでっち上げられていたらしい覚えのない罪状により、早速明日、マリオンと、そしてリヒトは、処刑されることが決まっていると聞かされている。恐怖に怯《おび》えて泣きぬれても何一つおかしくない状況なのに、何故だか胸は幸福感で満たされていた。

「ねえ、リヒト」

「はい」

「明日、あなたと顔を合わせるのが楽しみだわ」

たとえ最後になるのだとしてもそう思えてしまった。また呆れたような溜息が聞こえてくる。続いて、「僕もです」という、非常に不本意そうな声も。

マリオンはくすくすと笑ってから目を閉じた。とても疲れていたからなのか、眠りの波はすぐにマリオンの意識をさらっていく。

そうして、夢を見た。

まばゆい金色で、世界は満たされていた。ふわふわと視界も意識も定まらない中で、幼いマリオンは、誰かに背負われていた。夢の中であると解っているのに、それでもなお眠くてたまらない。ぼやけた視界の中で、ゆらゆらと長いしっぽ――ではない。髪だ。うなじで一つにまとめられた、濃金色の長い髪が、ゆらゆらと揺れている。とても、本当にとても綺麗だった。

――『金色の王子様』だわ。

誰に教えられたわけでもないというのに、そう確信した。『金色の王子様』に背負われて、どこかにマリオンは運ばれていく。

ねえ、あなたは王子様なのでしょう？

そう本人に確認したいのに、あまりにも眠くて、眠すぎて、言葉が出てこない。

そうしてマリオンは、夢の中で、さらに深い眠りの淵《ふち》に落ちていった。

＊＊＊

明くる朝。暗く湿っぽく寒く固く狭い牢屋において、処刑の前夜を過ごしたとは到底思えないほどの安眠を得て、驚くほどの爽快さで目覚めたマリオンは、手首を縛られて、リヒトとともに処刑場へと連れ出された。

最期《さいご》の日であるというにも関わらず、身なりを整えることも許されなかったマリオンもリヒトも、前日の盛装姿のままだ。染みだらけのドレスをまとったマリオンのことを、見物に集まってきた王太子派の貴族達がにやにやと笑って見つめている。

マリオンが、背筋をしゃんと伸ばして、毅然《きぜん》と見回すと、彼らは皆息を呑んで、うろうろときまり悪げに視線をさまよわせる。ふ、勝った。そうマリオンは内心でほくそ笑む。笑っている場合なんかではちっともないのに。

それでも内心で笑みがこぼれたのは、マリオンに残された最後の矜持《きょうじ》であり、意地だった。

けれどその最後に残されたものも、マリオンに続いて牢屋から引き連れられてきたリヒトの姿を見た途端、音を立ててしぼみ、消え去ってしまう。

リヒトの姿は酷《ひど》いものだった。立派だったはずの衣装はあちこちが裂けて汚れ、綺麗に結われていたはずの長い髪は乱れている。

リヒト、と青ざめながら思わず小さく呟くと、そのかすかな声に気付いたのか、彼の濃金色の瞳がこちらへと向けられる。そうして浮かべられたいつも通りの優美な笑みに、周囲の者達が息を呑む。

美しい、美しすぎる笑みだった。見慣れているはずのマリオンですら、胸をかき乱されずにはいられないその笑顔。

そしてマリオンとリヒトは揃《そろ》って並べられ、その場に跪かされた。目の前にあるのは、大きく禍々《まがまが》しい処刑台――ギロチンだ。

「これより、反逆者、マリオン・ストレリチアスと、その従者の処刑を執行する！」

処刑台の向こうの貴賓《きひん》席に座るアレクセイが、朗々と声を張り上げた。その隣には、愛らしく微笑むファラが。そしてさらに、アレクセイの側には、この王都においてマリオン付きとなってくれていたメイド、プリエもいた。彼女もまた王太子派であったらしい。驚きよりも納得が勝《まさ》った。

マリオンの知らない、マリオンが犯したのだという罪状が読み上げられていく。何度聞いても馬鹿馬鹿しくなるような内容だ。災厄令嬢である自分ごときにそんな大それたことができるわけがないのに。何を好き勝手なことを言ってくれているのだろう。

けれどこの場においては、それこそがすべての真実なのだ。マリオンは大罪を犯した罪人であり、その従者であるリヒトもまた同様。

このまま殺されるのか。そう思うと、ようやく大きな後悔が押し寄せてくる。そしてその波が過ぎ去ったあとに残るのは、文字通りの心残りだ。自分のわがままに、リヒトを巻き込んでしまったことが申し訳ない。マリオンがこのまま処刑されれば、ストレリチアス領にいる叔父にだって迷惑がかかる。本当に自分は、どこまでも災厄令嬢なのだ。

そう思うとあまりにも情けなくて、申し訳なくて、それまで意地を張って懸命にこらえていた涙がこぼれそうになる。跪かされた状態で震えるマリオンのことを、アレクセイとファラはにこやかに見下ろしてくるし、プリエもまた何故か楽しそうに笑って見つめてきている。

やがて、いざ、と、ギロチンの前まで引き摺《ず》られた。鈍く光る鋭い刃に息を呑む。

初めて怖いと思った。今まで現実味を感じられずにいたことが、ようやく現実なのだと突き付けられる。

身体が震えた。怖くて怖くてたまらない。けれどその震えを乗り越えて、マリオンは決死の覚悟で声を張り上げる。


「——最後に！」


凛《りん》と響き渡った声に、周囲がどよめいた。ファラがその愛らしいかんばせをわずらわしげに歪め、プリエもまた片眉を突き上げる。そして、アレクセイも。彼もまた、いかにも面倒そうにマリオンのことを見下ろしてきた。構うものか。その好意なんて当然欠片《かけら》もない顔を見上げて、マリオンは続ける。

「最後に、一つだけ、お願いしたいことがあります」

「……言ってみるがいい」

「感謝いたします。どうか、どうか、私に、パラソルをお返し願えないでしょうか」

「パラソルだと？」

なんの話だとでも言いたげに眉をひそめるアレクセイに、マリオンは深く頷きを返した。

「私が持ってきたパラソルです。あれは、今は亡き父と母が、私に贈ってくれたもの。どうせここまでであるというのならば、せめてそれを抱かせて、死なせてください」

マリオンのその言葉に、しばしアレクセイは考えていたようだった。今更面倒をかけさせるな、という意図をひしひしと感じたけれど、それでも最後に哀れみをかけてもらえる程度には、マリオンの想いはアレクセイに少しばかり届いていたらしい。

アレクセイがプリエに向かって頷くと、プリエはスカートの裾を持ち上げて一礼してから、その場から立ち去った。それからしばらく、大した時間もかけずに戻《もど》ってきた彼女の手には、マリオンが思い描いた通りの、愛用のパラソルがある。兵士の手によってマリオンの元まで運ばれてきたそれを、マリオンは手首を前で縛られた状態のまま受け取った。

相変わらず軽いパラソルだ。手のひらに確《しか》と馴染《なじ》むそれ。両親が、亡くなる直前の旅先で、マリオンのためにあつらえてくれた、古くからの付き合いであるドワーフ特製のパラソルである。

「さあ、満足しただろう？　これで仕舞いだ。覚悟するがいい」

「……はい」

そう。これでいい。深く頷いてマリオンは笑った。死を前にした人間が浮かべるとは思えないほどの、不敵で、強気な笑みだ。その笑顔に、アレクセイ達も含めた周囲の人間達が大きく息を呑む中で、マリオンはパラソルの下はじきをカチカチカチッと素早く連打した。そして。

――――ザンッ!!

マリオンをいましめていた縄が、ばらばらになって宙を舞った。ぎょっとする周囲を後目に、マリオンは手始めに自分の両隣に立っていた兵士達を斬り伏せる――――そう、斬り伏せたのだ。一応峰打《みねう》ちだけれど。

「お父様とお母様が私に贈ってくださった、このオリハルコンの剣の錆《さび》になりたい者は前へ出なさい!!」

マリオンが構えたのは、パラソルの中棒から引き抜かれた、とても細い剣だった。普段はパラソルとしての機能しか果たさない――――と言いつつ、マリオンはさんざん武器としてぶん回している――――パラソルだが、いざというときのために、中棒の中に刃が仕込まれているのである。

中棒程度の太さで、だなどと侮《あなど》るなかれ。刃もまたオリハルコンで作られたそれは、どんな剣よりも鋭く強靭《きょうじん》であるのだから。

実際に使うのは初めてだが、なるほど。両親は本当に素晴らしい贈り物を残してくれた。

「っ捕らえろ! 反逆者を赦《ゆる》すな!!」

アレクセイが慌《あわ》てて騎士や兵士達に命令を下すが、遅い。マリオンは続けて周囲の者達をさらに斬り伏せ、リヒトの元まで駆け寄った。

「リヒト！」

無事!?　とは問えなかった。彼のその姿は、どこからどう見ても無事であるとは思えない姿だからだ。ぐっとまた涙が込み上げてきたけれど、それを無理矢理飲み込んで、マリオンは細剣でリヒトをいましめる縄を斬り捨てる。

「おひぃさま……貴女というひとは、本当に……」

「なにかしら」

ほとほと呆れたような、あるいは感動しきりのような、なんとも言いがたい声音で珍しくも呆然と呟くリヒトに、マリオンはにっこりと笑いかける。

「リヒト、行って。ここは私が引き受けるわ。もう魔法は使えるでしょう？　ウカと一緒に、転移魔法で、一刻も早くストレリチアス領に帰って、どうか叔父様を助けてさしあげて」

転移魔法は疲れるなんてことを言っていたけれど、自分と、子狐一匹くらいならばなんとかなるはずだ。ウカは現在、マリオンが貸し与えられていた貴賓室にいるはずである。昨日からご飯を食べさせてやれていないことが心苦しい。あの子をこのまま王都に置いておけるはずがない。頼むからあの小さなマリオンの家族のことを、幸せにしてあげてほしい。

そして、マリオンがここでこのまま処刑されれば、必然的に責任を問われることになるであろう叔父、現ストレリチアス家当主シラノのことも、どうか今後できる限り助けてあげてほしかった。

リヒトにならばそれができるだろう。それくらいには、マリオンはリヒトのことを信頼している。そんなありったけの願いを込めて言った台詞だったの、だが。

「――――あァ？」

「え」

返ってきたのは、「かしこまりました」という素直な返事ではなく、めちゃくちゃ低い声だった。不意打ちに固まるマリオンに、リヒトはいつもの優美な笑顔でも、時折見せてくれる変な顔でもなく、どこまでも凶悪な、凄絶《せいぜつ》なまでに美しいからこそなおさら恐ろしい顔になって、マリオンのことを睨《にら》み付けた。

「何度言わせる気だ。あんた、お人好しも大概《たいがい》にしろよ」

「え、え、あの」

「あんたがいなきゃ、俺にとってはどんなことも何の意味もないってことを、いい加減理解しろ。昨夜の会話を何だと思ってやがる」

怒りに打ち震える美声だ。想定外の反応に、ひえええええと身体を震わせるマリオンのことを、リヒトは片腕に抱いた。

そのぬくもりにまたひえええええええ!?　と慌てるマリオンだったが、いつまでもその喜び――そう、喜びだ。それに、浸《ひた》っているわけにはいかなかった。

「そこまでだ!!」

　割り込んできた怒声にびくっと身体を震わせ、周囲を見回せば、完全に包囲されていた。包囲網の向こうで、その整った顔を怒りで醜《みにく》く歪めているアレクセイががなり立てる。

「ふざけた真似を……！　何が聖爵だ！　呪われた一族に生まれし役立たずの災厄令嬢ごときが、よくも私の顔に泥を塗ってくれたな！」

　アレクセイが片手を挙げると、マリオンとリヒトを囲んでいた騎士と兵士達が、揃ってざっと剣を構え直し迫りくる。

「だが、それも終わりだ。その命で私を煩《わずら》わせた罪を贖《あがな》え、災厄令嬢め」

　流石のマリオンもこれだけの大人数に一斉に襲われてはひとたまりもない。リヒトを頼ろうにも、彼は既にぼろぼろだ。魔法を使えると言ったって、こんな状況ではそうはいかないだろう。万事休す。ここまでなの？　と、マリオンが唇を噛《か》み締めた、そのとき。

　ゴォッ!!　と突風が、処刑場に吹き荒れた。数々の悲鳴が上がる。マリオンの処刑の見届け人と言いつつ実際は滑稽な喜劇でも見物に来ているノリであったらしい貴族達は皆、背後の壁に叩《たた》きつけられた。騎士も兵士も、一同揃って風にあおられ、身体ごと吹き飛ばされたり、観客と同様に壁に叩きつけられたりと実に忙しい。彼らがその手に持っていた武器は皆、これまた揃って風にさらわれていった。

　アレクセイがまた怒鳴りちらし、どういうことだと騒ぎ立てているが、マリオンには解る。解ってしまった。

「リヒト……？」

　これは、リヒトの力だ。マリオンを抱いていない方の手を高く掲げ、その手から突風を生み出した彼は、呪文の詠唱すらなく高等魔法を行使しておきながら、そんな偉業を達成したとは到底思えない、辟易とした口調で呟く。

「いつの時代も、本当にこの国は馬鹿ばかりだよなァ」

　処刑場の中心で、マリオンを抱いて、何事もなかったかのように佇《たたず》むリヒトの周りは、苦痛の呻《うめ》き声で満ちていた。そんな彼らを睥睨する濃金の瞳は、どこまでも冷たい。

　りひと、と、震えそうになる声音でその名を呼ぶと、彼は打って変わった、とろける蜜のように甘い瞳でマリオンに視線を戻し、その手をマリオンの頬にあてがう。昨日アレクセイに蹴り飛ばされた頬は腫れあがっていたはずなのに、すぐに痛みが消えていく。

　治癒魔法だ、とマリオンが気付いた次の瞬間、ダンッ！　と鈍い音が響き渡った。わずらわしげにそちらを見遣《みや》るリヒトの視線を追いかけてマリオンもまたそちらを見ると、そこでは地に這《は》いながら、アレクセイが拳を地面に叩きつけていた。

「どういうことだ⁉　何者だ⁉　魔法使いということは、まさか、ユリシスの手の者か⁉　くそ、くそ、あれがまた私の邪魔立てを……！　どこまでも目障《めざわ》りなやつめ‼‼」

　その口から出てきた、彼の弟である第二王子の名。アレクセイの言う通り、まさか本当に、ユリシス・ローゼス第二王子殿下の縁者なのかとマリオンが視線で問いかけると、リヒトはハッと鼻で笑い飛ばしてくれる。

「んなわけねぇだろうが。勝手に自分の嫉妬を俺に押し付けてんじゃねぇよ」

「だったら何故だ！　災厄令嬢ごときに、貴様のような高位の魔法使いが与《くみ》するなど……！」

「俺のおひぃさまを、蹴り飛ばしてくれた挙句《あげく》に、何度その呼び名で呼べば気が済むんだ？」

ドンッ！　と見えない圧力がアレクセイをまた地面に叩き落とす。ぐふっとカエルが潰れたような顔で地面に伏すアレクセイを、心底軽蔑した目で見下ろしてから、リヒトは、それはそれは凶悪な顔で笑った。


「俺の名は、リチェルカーレ＝マモン＝グロキシニアス。いくらてめぇが底が抜けたザル並みの大馬鹿者であるとはいえ、一応は王太子たる者が、この名前を忘れたとは言わせられねぇな」


アレクセイの碧い瞳が、驚愕《きょうがく》により限界まで見開かれる。そしてマリオンもまた、リヒトという名前であったはずの美貌の青年の腕の中から、彼の顔を呆然と見上げた。

リチェルカーレ＝マモン＝グロキシニアス。

マモン。その意は《強欲》。王家と七大聖爵家にのみ伝わる、かつてこのレジナ・チェリ国を震撼《しんかん》させた、《七人の罪源》の一角が名前――――！

王家と聖爵家以外には完全に秘匿《ひとく》されているはずの名前だ。当然周囲の者達がその名前の意味を理解できるはずもない。ただ、マリオンとアレクセイだけが理解できる名前だ。

アレクセイの顔色が真《ま》っ青《さお》になり、その瞳に宿る光が、驚愕から恐怖へと塗り替えられる。

なぜ、と、その唇がわななないた。

「ありえない！　ありえてたまるものか!!　あんな、あんな伝説など、ただの眉唾物《まゆつばもの》の絵空事だろう!!　現実に、今ここに、七人の罪源の一角が現れるなど……っ!!」

「あー、なに、てめぇはそう思っていたのか。なるほど道理で、よりにもよっておひぃさまに手を出したわけか」

本当に救えねぇな、と、リヒトはアレクセイを嘲笑《あざわら》う。どこからどう見ても馬鹿にしている笑顔だ。アレクセイの顔が真っ青から真っ赤に塗り替えられる。

そんなアレクセイとリヒトのやりとりを見つめることしかできない周囲の者達の間には、動揺が広がっていきつつあった。「七人の罪源?」「あの青年が?」「どういうことだ?」。そんな疑問がいくつも重なり合い、誰もの視線がリヒトへと向かう。そしてマリオンもまた、そんな周囲の視線にさらされながら、なおも呆然としていた。

七人の罪源?　リヒトが、その一角たる《強欲》の魔法使い?

にわかには信じがたい事実だった。けれどリヒトが口にした名前は、確かにマリオンが密《ひそ》かに教えられてきた、《強欲》の魔法使いの名前である。ならば本当にリヒトは罪源の一角であるというのか。いやいやしかし、本当にそうだと言うのならば。

「七人の罪源は、全員、七大聖爵家により、封印されて獣の姿にされていたはずだわ。リヒト、あなたは人間じゃない！」

どういうことなのと混乱するマリオンを、しばらく楽しそうに見下ろしていたリヒトだったが、やがて、その凶悪な笑みを、甘くとろけるようなものへと変える。

「俺のおひぃさま。あんたは知っているはずですよ」

「知ってるって……」

「よく思い出してみてください。ここで忘れられていたら、僕も流石に悲しいですね」

「え、ええ、ええと」

いかにも悲しげに眉尻を下げるリヒトに、慌ててマリオンは、懸命に記憶を遡《さかのぼ》る。知っているはず、と言われても。

まったく思い当たる節は——と、そこまで考えてから、はっと息を呑んだ。脳裏をよぎる、美しい金色の輝き。毎日毎日、丁寧に梳《す》いた、綺麗な金色の毛並み。

「まさか、あの狐さん？」

両親を失ったばかりだった七歳のときにマリオンが保護した大きな狐。まさかあの子が、と、またしても呆然とすると、リヒトはにっこりと「ご名答」と笑った。

「あんたからの《寛容》なるほどこしのおかげで、僕は《俺》を取り戻しました」

「ど、どういうこと？」

「当時の聖爵家どもが僕達にかけた封印を解く方法は二つあります。一つは、自身の《大罪》に対応する聖爵家どもの血の断絶。そしてもう一つは、対応する聖爵家の血に連なる者からの、《美徳》のほどこしです。僕の大罪は《強欲》。対応する聖爵家は《寛容》のストレリチアス家。僕が人間の姿を取り戻せたのは、あなたがさまよっていた僕のことを助けてくれたおかげです」

「ありがとうございます」とささやかれ、つい「どういたしまして」と答えてしまう。頭の中が先程までの周囲に負けず劣らず混乱していた。

封印の解き方なんて知らない。誰も教えてくれなかった。長き時を経《へ》る中でその伝承が廃《すた》れたか、それとも、そもそもそんなものなんて最初から伝わっていなかったのかもしれない。

どちらであるにしろ、マリオンが、《強欲》の魔法使いたるリチェルカーレ＝マモン＝グロキシニアス、もとい、リヒトの封印を解いてしまったことは確からしい。

――私、とんでもないことしでかしちゃってない？

いや確かにリヒトと出会えたことについて後悔はなく、むしろ最高の幸いだったのではないかとすら思えるけれど、それにしてもでも――と、悶々《もんもん》と葛藤するマリオンにくつくつと喉を鳴らしたリヒトは、そうしてまた片手を天に向かって掲げた。

金色の光がその手のひらに集まってくる。バチバチと唸《うな》りを上げながら、何匹もの光の狐が宙を飛び交い、リヒトの周囲にはべる。

「どいつもこいつもすべからく覚悟しろ。俺のおひぃさまを傷付けたその罪は、七つの大罪以上に重く赦されざるものだと知るがいい」

大きく閃光《せんこう》がほとばしる。誰もが恐怖におののき、我先にと処刑場から逃げ出そうとするが、処刑場から外部へとつながる扉はみな、何故か固く閉ざされ開かないようになっている。ますます絶望の悲鳴が上がり、処刑場が混乱の渦《うず》に叩き落とされる。

その中で、マリオンは。


「いい加減にしなさい！」


バチーン！　と、乾いた音が響き渡る。

空気が凍り付いた。えっなにしたのあのこ……と、周囲が呆然とするのをよそに、リヒトの頬を思い切り平手で引っ叩《ぱた》いたマリオンは、彼の腕の中から抜け出して、その胸倉を無理矢理引き寄せる。吐息すら触れ合うような間近な位置で自分を睨み付けてくるマリオンに、リヒトはその秀麗な美貌を歪めた。

「なんですか。邪魔しないでください」

「邪魔するわよ。邪魔するに決まってるでしょう」

「はァ？　この期《ご》に及んでまだこいつらを赦してやるとでも？　流石《寛容》なるおひぃさまだ。頭の中がお花畑なんじゃ……」

　ないですか、とでも、続けられるはずだったのかもしれない。マリオンには解らなかった。だって皆まで言わせるよりも先に、マリオンは、ぐいっと更にリヒトの胸倉を引き寄せ、背伸びをして、彼の唇に自分の唇を押し付けたのだから。

　リヒトの濃金の瞳が限界まで大きく見開かれる。リヒトの手のひらから金色の光が消え失せた。それを見届けてからやっと身を離して、マリオンは真っ赤な顔で怒鳴る。

「ここにいる人達をどうこうするよりも先に、こういう風に、もっと先にすべきことがあるでしょう!?　レディに先にさせないでちょうだい!!」

　こんなのちっともお姫様じゃない。そして自分にこんな真似をさせるリヒトは、ちっとも王子様じゃない。けれど、この想いをどう言葉にして伝えたらいいのか解らなくて、口付け以上にふさわしい〝言葉〟が見つからなくて、だからマリオンはリヒトに口付けた。ふーっ、ふーっと、気恥ずかしさのあまり肩で息をするこちらのことを、リヒトはぽかんと見つめていた。

　らしくもない間抜け面に、自分がそれだけのことをしてしまったのだということを改めて思い知らされる。ますます赤くなるばかりのマリオンを見つめていたリヒトは、やがて、ぷっと噴き出した。

「はは、は、はははははははっ！」

「笑うんじゃないわよこの馬鹿！　朴念仁《ぼくねんじん》！　ヘタレ！」

「はいはい、申し訳ありません。ですがヘタレというのは心外ですね」

げらげらと今にも腹を抱えて転がりそうな勢いで笑っていたリヒトだったが、マリオンの『ヘタレ』という罵声《ばせい》に、にっこりと優美に笑った。その手をマリオンの頬にあてがい、唇をこめかみに寄せてくる。

「なんなら、もっと深くとろけるような口付けを今ここで差し上げますよ」

ぞっとするほどの色気を孕《はら》んだその声に、ひえっと身体をびくつかせ、ささっと慌ててマリオンは後退《あとじさ》る。その反応をとくと見届けてから、リヒトは、「さて」と仕切り直した。

「おひぃさまの仰《おっしゃ》ることはごもっともですが、それはそれとして、やっぱりこいつらだけは赦せません」

リヒトの濃金の瞳が、地面にかろうじてうずくまっているアレクセイと、その隣で彼を支えるファラ、そしてプリエへと向けられる。けれどその視線を遮《さえぎ》るように、マリオンはリヒトの眼前へと立ち塞がった。「おひぃさま」と咎《とが》めるようにリヒトに声をかけられるけれど、マリオンはかぶりを振り、そして強い瞳でリヒトを見つめ返す。

チィッ!!　と盛大に舌打ちをする青年に頷いてから、くるりとマリオンは踵《きびす》を返した。「おひぃさま?」と、今度は訝しげに声をかけられたけれど、完全に無視をして、マリオンはアレクセイの前に立つ。

恐怖と敵意が入り混じる瞳で睨み上げてくる碧い瞳を見つめ返し、アレクセイの胸倉を掴《つか》み、無理矢理立たせる。そうして、拳をぎゅっと強く握り締めた。

「よくも、乙女の顔を蹴り飛ばしてくれたわね！」

拳は唸りを上げて、アレクセイの顔にめり込んだ。つい先日と同じく、彼の身体がずさああっと地面を滑っていった。それを見送って、フンッと鼻を鳴らす。

「これで痛み分けよ。ざまあみなさい」

周囲がまたどよめいた。王族に対して不敬罪どころの騒ぎではないことをやらかした自覚はあるが、後悔はしていない。背後でリヒトがげらげらと爆笑している声が聞こえてくる。どうせ今度こそ腹を抱えていることだろう。ふふ、とマリオンも笑った。

そろそろ周囲の騎士や兵士達が態勢を整えつつあり、今度こそ笑っている場合ではないのだが、それでも晴れ晴れとした気分だった。たとえここで終わってしまっても悔いはないほどに。

リヒトと、シラノと、ウカが無事であってくれたならばそれでいい。そう思えてならない。

そのときだった。拍手が響き渡る。周囲のどよめきがもっと大きくなる。人々のざわめきもどよめきも、すべて塗り替えるかのような拍手の音。

そちらに目を遣ると、人々が慌てて道を開けて花道を作っているところだった。跪く人々を後目に現われたのは、王宮に仕える貴族の証である真紅のジャボを身に着けた執務官数名と、同じく真紅のマントの騎士達、そして黒いローブに身を包んだ魔法使い達。

その先頭は、理知的な光を瞳に宿す、優しげな面持ちの少年だ。

年の頃は十六あたりだろうか。アレクセイと同じ髪と瞳を持つ彼は、相変わらず拍手をしながら、配下であろう人物達を引き連れて花道を通り、マリオン達の元へと歩み寄ってくる。

「見事な拳でしたね」

柔らかな物腰の少年の声には、純粋な称賛がにじんでいた。「あ、ありがとうございます」と反射的に礼を取る。そのまま頭を伏せた自分の判断を、心から褒めてやりたくなった。

目の前の、この、自然とこうべを垂れたくなるような雰囲気をまとう少年が誰かなんて、どう見ても明らかだ。彼は……このお方は。

「マリオン・ストレリチアス嬢においてはお初にお目にかかる。私は、ユリシス＝イスラフィル＝ローゼス。アレクセイ・ローゼスの弟にして、このレジナ・チェリ国の第二王子です」

齢《よわい》十六にして魔法使いとしても既に高名な第二王子の名に、ますますマリオンは頭を下げる。

何故、この方が。アレクセイはおそらく、というか確実に、本日行われるマリオンの処刑に関しては、自分のシンパ以外には内密にしていたに違いない。そうしてのちほど改めて、マリオンの罪の証拠をでっちあげ、自分は国を救ったのだとでも言って国王陛下と妃殿下に報告するつもりだったのだろう。

ド田舎であるストレリチアス領で暮らしていたマリオンですら、アレクセイと、その弟であるユリシスの確執と不仲については聞かされている。そんな弟殿下に、この処刑に関する情報が流れるとは思えない。それなのに、何故。

そう頭を下げたまま懸命に考えるマリオンの肩が、あたたかな手によって引き寄せられた。はっと息を呑んで見上げると、マリオンのことをその胸に引き寄せたリヒトが、凶悪な顔で「おっせぇんだよ」と吐き捨てている。

アレクセイはともかく、ユリシスにまで無礼を働こうとしているリヒトに慌てたが、ユリシスは穏やかに笑って「申し訳ありません、マモン殿」と、《強欲》の魔法使いの二つ名を呼んだ。

「ですが、おかげさまですべての証拠が出揃いました。ご覧ください。そこの愚兄と、ついでにマルメロリア男爵令嬢が犯した、不正に関する証拠です」

「なんだと⁉」

「なんですって⁉」

ユリシスの言葉に、頬を押さえてうずくまっていたアレクセイと、そんなアレクセイを支えていたファラが、揃いも揃って血相を変えた。ざわりとざわめく周囲を前にして、昨夜の夜会におけるアレクセイと同じように、ユリシスが、配下らしき執務官から書状を受け取り、朗々とその内容を読み上げる。

繰り返すが、まるで昨夜の再現のようだ。違っているのは、糾弾されているのがマリオンではなくアレクセイであることと、その内容が、シンパである貴族との間で取り交わされた贈収《ぞうしゅう》賄《わい》や、公文書の偽造、税収の横領といった、マリオンが企《たくら》んだとされる罪咎《ざいきゅう》と比べると随分とお粗末なものであるといったことだろう。

だがどれだけお粗末でも罪は罪。国民に対するれっきとした裏切りの罪状だ。

「既に父上……国王陛下により、アレクセイ王太子殿下、マルメロリア男爵令嬢両名、そしてこの件に関わったすべての者に対し、捕縛《ほばく》せよという命令が出ています。兄上。神妙にお縄についてくださいね」

ふわりと優しげにユリシスが微笑むと同時に、背後から真紅のマントをひるがえして騎士達が飛び出し、魔法使い達もそれに続く。

それからは、あっという間だった。優秀なる騎士と魔法使い達により、マリオンとリヒト、それからユリシスを筆頭にした一団を残して、その場にいた者達すべてが身分の差に関係なく縛り上げられて跪かされてしまう。

想定外の事態に唖然とするマリオンと、そんなマリオンの隣に並ぶリヒトの元に、周囲の喧《けん》騒《そう》からほど遠いところにいるかのような穏やかさを身にまとったユリシスが、物腰柔らかに今度こそ歩み寄ってくる。

目の前に立った彼は意外と背が高い。再び頭を下げようとしたマリオンだったが、すっとユリシスに片手で制され、姿勢を正す。

「礼を言います、マモン殿。あなたのおかげで私はようやく、アレクセイの不正の証拠を掴むことができました」

その言葉に、え、と、マリオンは瞳を瞬《また》かせて隣の青年を見上げた。

リヒトのおかげとはどういうことだ。そう視線で問いかけると、ようやくリヒトは、いつもの優美な笑みを浮かべてみせた。

「おひぃさまのドレスのための小遣い稼ぎのついでです」

「マモン殿は、ストレリチアス領を出て以来、私に頻繁に連絡を寄越してくれました。王都までの道中で手に入れた、アレクセイとファラが犯した不正の証拠の数々を添えてね。こう言っては何ですが、最初はもちろんそれらこそが偽造されたものだと思ったものですが……調べてみたら、見事に大当たりでして。一介の使用人が何故そこまで調べられたのかとつくづく謎でしたが、なるほど。《強欲》の魔法使いともあろう者なら、これくらいたやすいことだったのでしょう。ストレリチアス嬢は、つくづく優秀な従者をお持ちだ」

「まあ、王太子の不正の証拠一つまともに掴めない第二王子やその配下の奴らよりは、優秀であると自負していますよ」

苦笑混じりに続けられたユリシスの言葉に対し、いけしゃあしゃあという言葉がぴったりの様子でリヒトは言い放って肩を竦めた。ちょっとリヒト、と、冷や汗をかきながらも咎めるマリオンに、彼は「事実ですから」とばっさりと言い切った。そこでようやくマリオンは、昨夜彼が言っていた〝保険〟とは、ユリシスのことだったのだと思い至る。

なるほど。それはいいのだがしかし、それはそれとして、もっと言い方があるだろう。第二王子を保険呼ばわりするリヒトの頭をはたきたい衝動にかられたが、そのユリシスの前で実際にそんな真似をするわけにもいかない。その年齢に見合わない落ち着きぶりで苦笑を深める少年に、マリオンは「申し訳ありません……！」と頭を下げようとした。だが。

「何故だ!!」

「なんでよ!!」

怒りに満ちた怒声の二重奏に、下げようとした頭を押し留められる。

そちらを見遣ると、他の者達と同様に容赦なく縛り上げられたアレクセイとファラが、その隣でこれまた同様に縛り上げられているプリエに食ってかかっているところだった。

「プリエ!! お前は言っただろう、これで忌《い》まわしき災厄令嬢を片付けられ、私の地位は盤石《ばんじゃく》となり、いずれはユリシスのことも排することができると！ それがなんだ!? こんな、こんなことになるなど……!!」

「そうよ！ あんただけじゃないわ、あの女だって、わたくしならアレクセイ様のお側にはべり、王太子妃に、そしていずれは王妃になれるって言ったじゃない!! それなのに、それなのにこのざまはなに!? 全部あんた達のせいなんだから!!」

騎士達に取り押さえられつつも、そんなことなど構っていられないとばかりに、アレクセイもファラも、プリエに怒鳴りつけている。

どういうことなの、と、マリオンは首を傾げた。プリエはただのメイドのはずだ。だが、どうもアレクセイとファラの台詞から察するに、二人をそそのかしたのはプリエであるような印象を受ける。それから、ファラの台詞から鑑みると、どうももう一人黒幕がいるような。

もう一度、どういうことなの、と内心で呟いたマリオンは、その視線を罵声を浴びせかけられているプリエの方へと向けた。そして、息を呑む。

彼女は、プリエは、怯えても臆してもいなかった。その鮮やかな緑の瞳は、まるで音を立てて飛び回る羽虫を前にして、つまらないものを見せられている、とでも言いたげなものだ。愛らしい顔立ちには、はっきりと、「めんどくさい」と書いてある。

そんな彼女に対し、ますますいきり立つアレクセイとファラが、とうとう、「いい加減にしろ！」と騎士達に取り押さえられた。

何はともあれ、これで終幕ということか。ようやくほっと息を吐いた瞬間、ぐいっとリヒトに引き寄せられる。次の瞬間、マリオンが立っていた場所に、緑色の閃光が突き刺さった。

「え、え？」

「残念ながら、おひぃさま。まだ終わりではありませんよ」

マリオンを片腕に抱き、胸元に収めたリヒトは、そうしてニィ、と、凶悪に薄い唇の端をつり上げた。

「久しぶりだなァ、レヴィアタン。さっさと出てこいよ、アスモデウス」

レヴィアタン。アスモデウス。その意味は、と、マリオンが銀灰色の目を見開いた次の瞬間、

「きゃははっ」と、楽しそうな笑い声が耳朶《じだ》を打った。

愛らしい声。プリエだ。捕縛され、アレクセイとファラに二人がかりで罵倒《ばとう》されたばかりだというのに、そんなことは関係ないとばかりに、彼女は楽しそうに笑っている。

そして、彼女の身体を、緑色の影が取り巻いた。同時に、取り押さえられているファラの陰から、紫色の影が伸びあがる。どよめく周囲をよそに、緑の影と紫の影は、それぞれ人のかたちを形作った。そうして、カッとまばゆく、それぞれの影がそれぞれの色で輝く。

瞬《まばた》きののちに、そこに現われたのは、一人の少女と、一人の女性だった。

「あたしは、カプリツィア＝レヴィアタン＝キクラメンス」

プリエと呼ばれるメイドであったはずの少女はそう言って愛らしく笑った。

鮮やかで透明な、きらきらと光る緑色の瞳が美しい。美しいのだが、その瞳は人間のものではない。まるで蛇のように細い瞳孔《どうこう》だ。プリエの顔立ちを残しつつ、プリエよりももっとずっとかわいらしく――それこそファラ以上に美しくなった彼女の年のころは十六か十七といったところか。頬の一部には、ゆらゆらと光沢を放つうろこが浮いている。

いいや、頬ばかりではない。メイド服から一転して、フリルたっぷりの緑色のドレス姿になった彼女のうなじや手の甲にも、同じくあちこち少しずつうろこが輝いている。ちろりと唇を舐《な》める舌は細く、先端が分かれている。蛇だ。そう思った。

「わたくしは、アーリエ＝アスモデウス＝ジャスミニウス」

それから、カプリツィアと名乗った美少女の隣。ファラの陰から現れた女性は、ファラの瞳よりももっと深い、深淵《しんえん》を覗いたかのような紫色の瞳を持っていた。山羊《やぎ》のように水平な瞳孔である。

もっとも特徴的なのは、両方のこめかみから伸びる、長い角だろう。重力に逆らってくねり伸びる角もまた、山羊のものだ。同性であるマリオンすら、くらりとしてしまいそうになるほど魅力的な美女である。

豊満な胸、くびれた腰、丸みを帯びた尻のラインがはっきりと出る大胆な紫のドレスに身を包んだ彼女は、紅の刷《は》かれているぽってりとした唇に、蠱惑《こわく》的な弧を描く。彼女は、山羊。

人間が持ち得るはずのない緑の双眸《そうぼう》と紫の双眸が、マリオンのことを舐めるように見つめる。肉食獣を前にした、無力な草食獣のごとく凍り付いたが、リヒトがより強く抱き寄せてくれることでなんとか息を吐いた。

そうだ。それまでのマリオンは、呼吸することすら忘れて、恐怖におののいていた。

突然現れた美少女と美女の姿に、誰もがどうしたものか解らないまま、戸惑いばかりが広がっていく。けれどマリオンには、彼女達が誰なのか解っていた。彼女達は。


「――――《嫉妬》と、《色欲》」


ユリシスが半《なか》ば呆然として呟いた。優秀な魔法使いであるという彼にとっても、彼女達の登場は想定外のものだったらしい。

レヴィアタン。その意は嫉妬。アスモデウス。その意は色欲。

どちらも、《七人の罪源》の一角を司《つかさど》る者――――！

「あーあっ！　つまんない！　せぇっかくわざわざここまでお膳立てしてあげたのに！」

「カプリツィア、あなたが王家にやらせたいなんて言うからこんな面倒なことになったのですよ？」

愛らしく唇を尖《とが》らせる緑の美少女を、紫の美女が蠱惑的に窘《たしな》める。マリオンは二人の言葉の意味を理解するに至れず、ただただあんぐりと口を開けることしかできない。

そんなこちらを小馬鹿にするように一瞥《いちべつ》して、《嫉妬》のカプリツィアと、《色欲》のアーリエは笑みを含んでさらに続ける。

「だぁって、どうせならそれくらいしてやらないと気が済まないじゃない。嫌がらせにしては上出来でしょ？　アーリエだって乗り気だったくせに」

「それはそうですけれど、思っていた以上に使えない王太子だったんですもの」

「まぁね。マモンの目くらましにすらならないなんて、本当使えないったら」

「やはり信じられるのは自分の魔力ですわ」

「そこだけは同意してあげる」

くすくす、ふふふふ。二人の《罪源》は、それぞれ異なる魅力がたっぷり詰まった笑みを浮かべてみせた。

次の瞬間、カプリツィアの足元からは緑のうごめく蔦《つた》が何匹もの蛇のように伸び上がり、アーリエの手からは紫のもやがこれまた何頭もの山羊の形となって、マリオンへと襲いかかる。

それを金色の光の狐によってリヒトが一笑とともに叩き潰すと、カプリツィアがむうっと唇を愛らしく尖らせ、アーリエがあらあらと色気たっぷりに困り眉を下げた。

「邪魔しないでよ、マモン！」

「ええ、まったくですわ。マモン、おいたが過ぎましてよ」

「うるっせェな。今も昔も変わらねぇ年増どもが」

美少女と美女に向かって言うにはあまりにも礼を欠いた発言に、いくらなんでも、と顔を引きつらせるマリオンだったが、続けられたカプリツィア達の発言に、別の意味で顔を引きつらせる羽目になった。

「何よ、クソガキ！　その小娘と、あとはストレリチアスの当主を殺したら、やっとあたし達の封印は完全に解けるんだから！」

「相変わらず本当に生意気な小僧だこと。成長したのは見目だけということかしら。いいからその小娘を寄越しなさいな。自分ばかり封印から解放されて、いい気にならないでくださる？」

えっ、私？　なんで？

思わずリヒトを振り仰《あお》ぐと、リヒトは笑みを浮かべながらも厳しい表情で口を開いた。

「《嫉妬》と《色欲》に対応する美徳を司る聖爵家は、どちらも既に断絶していることは、おひぃさまもご存知でしょう」

「え？　ええ、そうね」

そうだとも。《嫉妬》に対応する美徳の《感謝》の聖爵家、カンパニュラス家。《色欲》に対応する美徳の《純潔》の聖爵家、リリィス家。どちらも、数十年前に絶えて久しい家である。

それがどうかしたのかと先を促《うなが》せば、「だからです」とリヒトは複雑そうに続けた。

「先程も申し上げた通りです。対応する聖爵家の血が絶えれば、《七人の罪源》の封印は解けます。さて、おひぃさま。ここで問題です。現在残っている聖爵家は、一体いくつありますか？」

「……！」

そんなこと、問われるまでもない。

まさか、と息を呑むマリオンに、「そのまさかです」と頷きが返ってくる。

「対応する聖爵家が絶えた罪源の封印は解かれつつあります。レヴィアタンとアスモデウスが、半人半獣の姿を取り戻しているのがいい証拠です。最盛期ほどではないですが、魔法もある程度使えるようになっていることも証拠になりますね。でも、封印は完全には解かれていない。何故だと思います？」

す、と、白く長い指が、マリオンの胸を飾る大粒のオパールを指差した。

目を見開いた。脳裏に小さい頃に見せてもらった家系図が浮かぶ。聖爵家は、その血にかけられた呪いにより、聖爵家以外との婚姻はほとんど叶わなかった。だからこそその血は濃くなり、だからこそその血は呪いにより絶えた。

再び「まさか」と唇をわななかせると、リヒトは嫌味なほどに美しい、物憂げな溜息を吐く。

「現代において、おひぃさま。貴女の身に、七大聖爵家すべての血が集まっているんです。貴女と、あとは六家分の血の集まりである旦那様が死ねば、残りの罪源達の封印は、完全に解かれることになります」

誠に、遺憾なることに。そう溜息混じりに続けるリヒトに、マリオンは顔を青ざめさせた。

「冗談でしょ!?」

「残念、大マジです」

「うそおおおおおおっ！」

災厄令嬢の災厄、文字通りこの身に極まれり。

うっかりその場に崩れ落ちそうになるが、生憎《あいにく》そんな場合ではないということを、襲い来た緑の蛇と紫の山羊が教えてくれた。

リヒトがマリオンを抱き上げ、その場から飛び退《の》き、彼もまた雷をまとう狐を何匹も生み出す。カプリツィアがじれったそうに地団駄《じだんだ》を踏み、アーリエがほうと物憂げな溜息を吐く。

「だーかーらー！　クソガキ、邪魔しないでよ‼」

「いくらお前の封印は、わたくし達とは違って完全に解けているとはいえ、わたくし達二人を相手にするおつもり？」

足元から伸びる緑の蔦の蛇達を手足に絡ませて遊ばせながら、カプリツィアはぷーっと頬を膨らませる。その隣で、紫の影の山羊達を周囲にはべらせ、ときにたわむれにその頭を撫でながら、アーリエが蠱惑的な笑みを浮かべた。片方はとても愛らしく、片方はとても美しいというのに、どちらもその雰囲気には、明確な殺意がはっきりとにじみ出ていた。

その殺意を一身に向けられ、身体を震わせるマリオンを抱き、リヒトはにこやかに笑った。

「その『おつもり』だよ。俺のおひぃさまに手ェ出そうとしたこと、とくと後悔させてやる」

そう言い終わるが早いか、リヒトはひょいっとマリオンを抱き上げ、さらにそのままぽいっと背後のユリシスの方へと放り投げる。「きゃあ⁉」と悲鳴を上げたマリオンだったが、幸いなことにユリシスが見事に受け止めてくれる。

「大丈夫ですか？」という気遣わしげな問いかけに、こくこくと頷きを返すと、そんなマリオンとユリシスを肩越しに振り返ったリヒトは、凶悪に唇の端をつり上げた。

「イスラフィルだったか？　俺のおひぃさまに傷一つ負わせてみろ。その千倍の傷を俺が直々《じきじき》にほどこしてやるからな」

「リヒト!!」

とんでもないことを言い捨てたと思ったが早いか、リヒトが地を蹴った。マリオンの呼び声は届かない。カプリツィアとアーリエもまた、それぞれリヒトを迎え撃つために緑と紫の魔法を繰り出す。

金色、緑色、紫色がぐちゃぐちゃに交錯《こうさく》する戦いが始まった。

緑色が金色に巻き付いたかと思えば、金色はその緑色を雷でもって食いちぎる。だがその隙《すき》を狙って紫色の角が金色を襲う。さらに金色は紫色の喉笛にかぶりつくが、また緑色が金色に絡みつき締めあげようとする。

唸り声を上げて互いを屠《ほふ》らんとする色彩により、処刑場は大混乱に陥《おちい》った。捕らえられているアレクセイ派の者達も、自由の身であるはずのユリシス派の者達も、どちらであろうとも関係なく悲鳴と罵声を上げて逃げ惑う。圧倒的な魔法の行使に、誰もが恐怖に震え上がっていた。

「リヒト……！」

緑色の魔法を行使するカプリツィアと紫色の魔法を行使するアーリエに対し、金色の魔法を行使するリヒトは、二人相手であるにも関わらず、互角であるかのように見えた。だが、カプリツィアとアーリエは、互いの足りない部分を補い合うことで、完全に封印が解けているのだというリヒトと渡り合っている。

徐々に呼吸を乱し始めるリヒトの姿に、もう気が気ではなくなっていくのを感じる。リヒト、リヒト。そう名前を内心で呼ぶことしかできない自分の、なんて無力なことだろう。彼は自分を守るために戦ってくれているのに、その自分は、ユリシスに庇《かば》われて大人《おとな》しくしていることしかできないのだ。歯がゆくて歯がゆくてたまらない。

やがて、一瞬の隙をついて、こちらへと緑の蛇がその鎌首をもたげて宙を切り向かってくる。ひゅっと息を呑むマリオンを後ろへとユリシスが庇おうとするが、それよりも先に金色の狐がその緑の蛇の身体を噛みちぎった。しかしそれはあえての誘いであったらしい。マリオンへと意識を向けたばかりに目の前のアーリエから意識が逸《そ》れたリヒトの身体に、紫の山羊が体当たりをした。ぎりぎり吹き飛ばされこそしなかったものの、ぐうっと喉から苦痛の呻き声を上げて片膝《かたひざ》をつくリヒトのことを、カプリツィアとアーリエが笑顔で見下ろした。

「きゃはは っ！　ざまあみなさい！　クソガキのくせに、あたしに盾突《たてつ》くからそうなるのよ！」

「ふふ、いいざま。ストレリチアスの前の前菜としては、なかなか豪勢なメニューですこと」

どうやらカプリツィアとアーリエは、マリオンよりも先にリヒトのことを仕留めることにしたらしい。それもこれもすべて、あとで確実にマリオンのことを殺すために。

《強欲》の魔法使いたるリヒト、もとい、リチェルカーレ＝マモン＝グロキシニアスさえいなければ、あとの現代の魔法使いなど敵ではないとでも言いたげだ。

　リヒトが唇を噛み締めながら立ち上がろうとして、失敗してまたその場に膝をつく。そのさまを楽しげに見下ろすカプリツィアとアーリエの手から、それぞれ緑と紫の光が放たれようとした、その瞬間。


「――――リヒト！」


　マリオンは、ユリシスの背後から飛び出した。ユリシスが「ストレリチアス嬢!?」と手を伸ばしてくるが、その手を避《よ》けて、とにかくリヒトの元へと走る。

　そしてそのまま、リヒトのことを屠ろうとした緑と紫の光が彼の元に届く寸前で、彼に飛びついて一緒になって避ける。尻もちはついたもののなんとかなったことに安堵の息を吐くマリオンだったが、そんなマリオンごと身を起こしたリヒトは、今までで一番凶悪な顔になる。

「こっの、馬鹿!!　死ぬつもりか!?」

「そんなわけないでしょ!!」

　聞いたこともないような怒りに打ち震える声で怒鳴りつけられる。マリオンも負けないくらいの大声で怒鳴り返すが、当然それでリヒトの怒りが収まるはずもなく、彼はその凄絶なまでの美貌にド迫力の凶悪な表情を浮かべて、マリオンにさらに「じゃあどんなわけだ!?　何してやがる!!」と怒鳴りつけてきた。

ぐっと唇を噛む。だって、リヒトが目の前で屠られようとしているところなんて、黙って見ていられるわけがない。気付いたら身体は動いていて、彼の元に足は走っていた。

そうだとも。そういうことだ。マリオンは。マリオンだって。


「『災厄令嬢』だって、『お姫様』だって、大切な人を守りたいのよ!!」


災厄令嬢と呼ばれる自分のことを、「おひぃさま」――『お姫様』と呼んでくれる人のことを守りたいのだ。

見ているだけなんてとんでもない。きっと、『金色の王子様』のお相手である『お姫様』だって、そうだったに違いない。いつだって自分のことを守ってくれる金色の王子様の力になりたいと、お姫様だって願ったはずだ。何の力もないマリオンだけれど、それでも彼の、リヒトの隣に立って、彼のことを守りたい。

気付けばにじむ涙で歪む視界の中、それでもなおまばゆいリヒトの顔を真正面から見つめて叫ぶ。リヒトが虚《きょ》をつかれたようにその濃金色の光を見開いた。

――次の瞬間、マリオンの胸から光がほとばしる。

マリオンの胸にあるのは、ストレリチアス家に代々伝わる家宝である、大粒のオパールのペンダントだ。

金色も緑色も紫色も、何もかも飲み込み塗り替える真白い光。

それまで余裕の笑みをたたえていたカプリツィアとアーリエが悲鳴を上げる。

「――ああ、そういうことかよ」

立っていられなくなったらしく膝を折る《嫉妬》と《色欲》の魔法使いの姿を認めたリヒトは、そうしてマリオンを支えながら立ち上がる。

どういうことなのかと、胸元で輝くオパールと、再び笑みを取り戻したリヒトの顔を見比べるマリオンの顔を、リヒトは間近で覗《のぞ》き込んできた。

「おひぃさま。俺……いや、僕達を封印した聖爵家のやつらが、俺達と同程度には高位の魔法使いだったことはご存知で？」

「当たり前じゃない」

《七人の罪源》を封印した七人の聖爵――いや、当時は侯爵だったのだが――は、いずれも高名なる魔法使いであったと伝え聞いている。彼らはそのすべての魔力を使って《罪源》達を封印し、その対価として自身の魔力を失ったわけで……と、そこまで考えてから、マリオンは、「ん？」と首を傾げた。

一つの封印に対する対価が、聖爵一人分の魔力。目の前の青年は、《罪源》の一人であり、その封印は完全に解かれているという。

ならば、と、息を呑むマリオンに、リヒトはにっこりと優美に微笑んだ。

「はい。つまりはそういうことですよ。僕の封印……《罪源》の一角たる僕の封印が解かれたというのならば、あなたはその分の《聖爵》としての魔力を取り戻しているんです。その力があれば、またレヴィアタンとアスモデウスのことを封印できる」

「で、でも、私、そんな封印の仕方なんて知らないわ」

魔法なんてものからはとんと縁遠い人生だったのだ。いきなりここで「はい封印」と言われても、どうしていいのかなんて解らない。

どうしよう、とおろおろするマリオンの肩を抱き、リヒトはマリオンをカプリツィアとアーリエの方へと向き直らせた。

《嫉妬》と《色欲》の魔法使いは、オパールからほとばしる光によって相変わらず魔法の行使どころか立ち上がることもできなくなっているようで、焦《あせ》りのにじんだ瞳でマリオンのことを見つめてくる。

そんな二人を見つめるマリオンに寄り添って、リヒトは続ける。

「大丈夫です。僕がいます。あなたはただ想像するだけでいい。あの二人をどうしたいかを」

あの二人を。

《嫉妬》の魔法使いたるカプリツィア＝レヴィアタン＝キクラメンスと、《色欲》の魔法使いたるアーリエ＝アスモデウス＝ジャスミニウスを、どうしたいか。

促されるままにマリオンは手を前方へとかざす。リヒトがより強くマリオンの肩を抱いた。

「《集え》」

リヒトが短く発したその声に、オパールが一際大きく輝いた。

マリオンがかざした手のひらに、オパールからほとばしる真白い光が集まり、一張《ひとはり》の大きな弓の姿を形作る。

「さあ、おひぃさま」

「――――ええ」

リヒトと手を重ねて弓を引く。白銀の矢が、大きな真白い弓につがえられる。

すぅっと深呼吸したマリオンのその吐息に合わせて、リヒトもまた息を吐き出す。ちらりと横目で彼を見遣ると、濃金の瞳が頷きを返してくれた。

いち、にの、さん！

白銀の光が矢となって放たれた。そして輝ける光は天へと駆け上り、ぱぁん！と、まばゆく宙で散る。

そのまま光は。

「……ちょっとぉ!! 何よこれぇ!?」

「いやぁっ! なんですの!?!?」

カプリツィアとアーリエの悲鳴が上がる。そう、悲鳴だ。明確な言葉による文句もしっかり述べられている。

役目を終えて消え失せる真白い弓を見送ったマリオンは、リヒトが呆然としていることに気が付いた。

「これでいいんでしょう? どうしたの?」

「っどうしたもなにもねぇよ!!」

また口調が乱暴なものへと変わっていた。あら、と瞬きをしたマリオンは、リヒトばかりではなく、周囲の者達もまたもの言いたげに自分のことを見ていることに気が付いた。

あら? と首を傾げれば、またしても美少女と美女の悲鳴混じりの文句が聞こえてくる。

「なんっで投網《とあみ》なんだよ!!!!」

それらの悲鳴や文句をかき消すような、リヒトによる、その優美な美貌にそぐわない絶叫が響き渡った。ユリシスを筆頭にした周囲の者達も、うんうんと頷いている。

ええ？　とマリオンはさらに首を傾げた。そんなことを言われても。

「だって、いくら悪い人でも、女の人を傷付けるのはいけないと思って……」

だからマリオンがリヒトとともに放った白銀の矢は、宙で大きな網となってカプリツィアとアーリエに覆いかぶさり、彼女達の力のすべてを封じたのである。

いいではないか投網。安全だし。結果として目的は果たしているのだから、他に何か問題があるのだろうかと戸惑うマリオンのことを、リヒトはしばし半目で睨み付けていたが、やがて深々と諦めたように溜息を吐いた。

「……まあ、どうせ、僕を封じていた分の魔力しかおひぃさまは取り戻していらっしゃいませんでしたからね。一人分の魔力では、二人の魔力を封印するのが限界でしょう。獣の姿にまた堕《お》ちてくれればよかったんですが」

「ちょっとクソガキ！　何言ってくれてんのよ‼」

「ええそうですわ！　そんな、また獣の姿なんて……！」

投網の下でもがきつつも、悲鳴混じりの文句を上げていたカプリツィアとアーリエが、その声色を怒声へと変える。

うるっせぇな、とでも言いたげにそんな二人を見遣ったリヒトだったが、やがてその手に、再び金色の光が集まり始める。ひっと息を呑むカプリツィアとアーリエの姿を認めたマリオンは、ぎょっとリヒトに取りすがった。

「ちょっと待ちなさい！　何するつもり!?」

「何するも何も、後顧《こうこ》の憂いはここで断っておこうと思いまして」

にっこりと優美に、そして何よりも冷酷にリヒトは微笑んだ。後顧の憂いを断つという言葉の意味にすぐ思い至ったマリオンは、さっと顔色を変えた。

「だ、だめよ！　ぜったいだめ!!」

「何故です？　こいつらに殺されかけたことを、まさかもうお忘れで？」

「忘れてないわよ！　忘れてないけど、でも、だからって殺すのはだめ!!」

「ですが」

「ですがも何もないの！　よく考えてもみなさい。かつての聖爵家の人間も、本当ならあなた達を殺すことができたはずだわ。それでも殺さずに獣に堕とすだけに留めたのは、いつかあなた達が改心することを願ったからこそでしょう！」

リヒトが言うには、《七人の罪源》達が自らの封印を解くには、自身の《大罪》に対応する聖爵家の血が断絶するか、あるいは、対応する聖爵家の血に連なる者からの《美徳》のほどこしを受けるかであると。

けれど、マリオンは思う。きっと、それだけでは駄目なのだ。

もしもただ《美徳》のほどこしを受けるだけでいいのであれば、リヒト、もとい《強欲》の魔法使いの封印は、最初にビスケットをマリオンから与えられた時点で解けたはずだ。けれどその時点では封印は解かれず、マリオンを野犬から守り抜いたところでようやくそれは叶った。《七人の罪源》の封印が解かれるための本当の条件は、そういうことなのではないか。

誰かを助けたいと思う心こそが、一番大切であるのではないか。

マリオンだって、リヒトのことを守りたいと思ったからこそ、マリオンの中の魔力に気付けたのだから。

リヒトの顔をまっすぐに見上げるマリオンのことを、リヒトはしばらく面白くなさそうに見つめ返してきていたが、やがてまた諦めのにじむ溜息を吐く。

「甘すぎる。本当に、僕のおひぃさまときたら……」

「なによ。それをあなたが言うの？」

本当ならいつだって幼いマリオンのことを噛み殺せたはずなのに、それをしなかったどころか、命を懸けてマリオンのことを守ってくれた、《強欲》の魔法使いが？

そう暗に含ませて問いかけると、悔しそうな、それでいて恥ずかしげな、なんとも変な表情を浮かべたリヒトは、チッと盛大に舌打ちをした。

その姿が嬉しくて、マリオンはくすくすと笑う。

ユリシスの指示の下《もと》に、ただの女となったカプリツィアとアーリエが捕縛される。

これで今度こそ安心か、と、ほうと息を吐いたマリオンの耳に、「ふざけないでよ！」という金切り声が届く。

「なによ、なによ！　もう全部めちゃくちゃだわ！　それもこれも全部、あんたのせいで!!」

ファラだ。リヒトとカプリツィア達の魔法による戦闘の混乱の中で、彼女を捕縛していた縄がほどけたらしい。リヒトすら含めて誰もが安堵に息を吐いていたその一瞬の隙を拾い上げた彼女は、地面に落ちていた騎士のうちの誰かのものかと思われるナイフを拾い上げ、それをマリオンへと向けながら駆け寄ってくる。

「おひぃさま！」

魔法では間に合わないと判断したらしいリヒトが、マリオンを庇うようにして抱き込んだ。このままではまたいつぞや襲われたときの二の舞だ。顔が一瞬で青ざめるのを感じる。だが。

「きゃあああああっ!?」

悲鳴を上げたのはマリオンではない。ファラの方だった。

リヒトの腕の中からそちらを見遣り、そうしてマリオンは顔を輝かせる。

「ウカ！」

かわいいかわいい、マリオンの小さな家族が、ファラの手に噛み付いていた。

悲鳴を上げてウカを振りほどくファラだが、小さな騎士はそれだけでは彼女のことを赦さず、ばりばりばりっ！　と、彼女のご自慢であろうかわいらしいかんばせをこれでもかと引っ掻《か》く。

崩れ落ちるファラを踏みつけた子狐は、マリオンの元へと勢いよく走り寄ってくる。リヒトの腕から抜け出し、その幼い身体を抱き上げて、小さな騎士の顔に幾度も唇を寄せる。

「ウカ！　あなたは最高よ！」

流石ストレリチアス家の長男坊ね！　と褒め称えると、ウカはふんすと自慢げに鼻を鳴らす。

「いいところを取られましたね」

「……うるせぇな」

指示を終え、今度こそ捕縛されて連れ出されていく兄である王太子とファラ、《嫉妬》、《色欲》の魔法使いとその一党を見送ったユリシスが、リヒトに笑いかけ、そしてウカを抱くマリオンの元までやってくる。

「此度《こたび》の件については、必ずのちほど正式な謝罪をさせていただきます」

「そんなこと……」

「いいえ、これはけじめですから。長きにわたりこのレジナ・チェリ国を守護し続けてくださる聖爵家に対し、我々王家は必ず償わなくてはなりません」

「――――はい」

マリオン個人の問題ではないのだと言われたような気がしたから、それ以上何も言うことなどできずに、頷きを返すだけに留めた。

そんなマリオンを穏やかな笑顔で見つめていた年下の第二王子は、やがてその笑みをいたずらげなものへと変える。

「それはそれとして、よければいずれ、私と改めて婚約を結んでいただけませんか？　貴女の拳に惚れました」

「えっ⁉」

目を見開き赤くなるマリオンの身体は、次の瞬間、力強い腕によって引き寄せられる。

「間に合ってんだよ」

マリオンをその胸に抱いたリヒトは、低い声で吐き捨てた。「それは残念です」と笑うユリシスを一睨みした金の青年は、そうしてそのままマリオンのことを横抱きに抱き上げた。突然宙に浮いた足にきゃっと悲鳴を上げるマリオンだったが、リヒトは構うことなく、一言呟く。

「――《来い》」

短くも力ある言葉に従って、金色の光が集まり、そのまま大きな狐が目の前に現れる。馬よりも大きな、立派な狐だ。

金色に輝く狐の背に、リヒトはマリオンごとまたがった。突然のことに目を白黒させていたマリオンだったが、狐が地を蹴ると同時に空へと浮かび上がったことに、つい悲鳴を上げる。

「ちょ、え、ちょちょちょちょちょちょっと⁉」

「大丈夫ですよ。ちょっとした飛行術です。このままストレリチアス領までひとっとびで帰りましょう」

「えええええええええ!?」

マリオンの悲鳴が、高い空に伸びていく。リヒトは楽しそうな笑い声を上げた。

「大丈夫ですよ。もしも怖ければ、ずっと僕の顔を見ていればいい」

「よくもそんな恥ずかしいことが言えたわね!?」

気付けばもう夕暮れだ。鮮やかなオレンジ色に世界が染め抜かれていく。なんて美しいのだろう。こんなにもなにもかもオレンジ色なら、自分の顔がどれだけ真っ赤でもきっと解らないに違いない。

そう思えたから、マリオンは大人しくウカを抱いたままリヒトの顔を見上げ、そうしておずおずと口を開いた。

「……リヒトじゃなくて、リチェルカーレって呼ぶべき?」

「いいえ、どうかそのままリヒトと。リヒトとは、貴女のための名前ですから」

「私のため?」

「はい。『金色の王子様』にふさわしい名前でしょう?」

思ってもみなかった言葉に、マリオンは目を見開いた。言われてみて初めて、ようやく気が付いた。リヒト。その意味は、光。輝ける金色の光だ。

「まさか、その口調も、『金色の王子様』になるために？」

リヒトの口調が、きっと本当は、もっとずっと乱暴なものであろうことは既になんとなく理解していた。それでもマリオンに対しては、努めて丁寧であろうとしてくれているらしいことも。それこそまるで、『お姫様』に対する『金色の王子様』のように。

いやでもそんなまさかね、と笑おうとして失敗した。リヒトの白皙《はくせき》の美貌が、夕焼けに照らされてもなおそうと解るほどはっきりと真っ赤に染まっていたからだ。

うそ、ほんとうに？

マリオンの顔もまた、遅れてさらに真っ赤に染まっていく。

どうしようもなく気恥ずかしい沈黙が、大きな狐の背に乗って夕焼けの空を滑るように飛んでいく二人の間に落ちる。きゅうん？と腕の中のウカが鳴いた。そのおかげで、マリオンはようやく、はっと息を呑んで改めてリヒトの顔を見上げることができた。

「どうして、ストレリチアス家の使用人になんてなろうと思ったの？」

「復讐《ふくしゅう》ですかね」

「え」

「心の底から信用させて、信頼させて、そうやって最後の最後に全部奪ってやるつもりでした。だって僕は《強欲》ですよ？」

当然でしょう、と優美に笑うリヒトに、マリオンはぽかんと口を開けた。こんなにもあっさりと何の気負いもなく復讐と言われても、いまいちピンとこないマリオンの間抜け面を見下ろして、リヒトはその笑みを苦笑へと変えた。

「本当に、全部、全部、奪ってやるつもりだったんです。それなのに結局、すべてを奪われたのは僕の方でした。僕のすべては貴女のものです。は、とんだお笑い種《ぐさ》ですよね」

心底悔しそうに吐き捨てるリヒトに、マリオンはぷっと噴き出した。

「そんなに悔しがらなくたって、ちゃんとあなたは当初の目的を達成してるわよ」

「はい？」

「だって、私のすべてだって、もうとうに、あなたのものだわ」

そう告げた瞬間、リヒトの濃金の瞳が大きく瞠《みは》られた。そうしてそのまま、とろりと蜜のようにとろける。甘やかな微笑は、今までリヒトが見せてくれたどんな笑顔よりも嬉しそうな、幸せそうなもので、マリオンもまたどうしようもなく嬉しくなる。

そうしてどちらからともなく重なり合った唇。

二度目のキスは、一度目よりももっと甘く幸せな味がした。

いくら空を飛んでいるとはいえ、ストレリチアス領まではまだもう少し時間がかかる。頬を寄せ合って風を切るマリオンとリヒト、それからウカの姿を、暮れなずむ空の中で輝く宵《よい》の明《みょう》星《じょう》が見守っていた。

終章　とんだハッピーエンドだこと！

マリオンが王太子たるアレクセイの一派によって、謂《いわ》れなき咎《とが》により断罪されようとしたという一件は、表向きには秘匿《ひとく》された事件となった。

なにせレジナ・チェリ国の王太子ともあろう者が、よりにもよって《七人の罪源》のうちの二人と手を組んで起こした事件だ。国の安寧《あんねい》のために、完全なる箝口令《かんこうれい》が敷かれるのも仕方のないことだと言えた。

余談だが、アレクセイ達は、マリオンの処刑と同時進行で、ストレリチアス家当主シラノのことも排そうと、配下である私設騎士団をストレリチアス領へと手配していたのだそうだ。

しかし、ここでアレクセイ派の面々にとっては、想定外の事態が発生したのだという。なんと、あのシラノが、たった一振りの剣だけで、自身を捕らえようとやってきた騎士達を叩《たた》きのめしてしまったのだ。マリオンは、そう言えば自分に最初にパラソル、もとい剣の手ほどきをしてくれたのはシラノだったことを思い出した。普段は頼りない、極めてお人好しな叔父《おじ》だけれど、彼は剣を持たせれば最強と呼んでも差し支《つか》えない御仁《ごじん》なのだ。

加えてストレリチアス領の領民達がその手にさまざまな武器を持って、ストレリチアス邸に大挙して押し寄せ、「シラノ様に手を出すな!!」と大騒ぎしたのである。

彼ら曰《いわ》く、確かに自分達はストレリチアス家の面々の呪いのことを恐れているものの、だからと言って、ストレリチアス家の歴代の面々が、自分達にほどこしてくれた善政についての恩まで忘れたつもりはないのだと。「ウチのご領主様に何をする!!」と、歴戦の騎士達すら震えるような、それはそれはすさまじい剣幕であったのだそうだ。

リヒトとともに帰還したマリオンに対しても、「お嬢様！　ご無事で本当に何よりです……！」と涙ぐんでくれた彼らに、マリオンは心から感謝の言葉を伝えた。ちょっぴり泣きそうになってしまったのは秘密だ。

そうして、ようやく本来の落ち着きを取り戻《もど》したストレリチアス領には、初夏の風が吹き始めようとしていた。中庭の畑をくわで耕し終えたマリオンは、ふうとようやく一息を吐く。

「こんなものね。ちょっとリヒト、あなた、少しは手伝おうとは思わないの？」

「嫌ですよ。僕は頭脳労働派なんです。まあでもおひぃさまが望んでくださるなら、魔法でよければすべて僕がやってさしあげますけれど？」

もちろん対価は頂きますが、と、わざわざ木陰に作ったハンモックに、ウカと一緒に寝そべりながら、マリオンの方を見て、リヒトはにっこりと優美に笑う。むぅっとマリオンは眉根を寄せた。

「働かざる者食うべからずよ。まったく、あなた、本当は《強欲》じゃなくて、《怠惰《たいだ》》なんじゃない？」

「さて、どうでしょうか」

「もう！」

ちっともまともに取り合ってくれない使用人に、自然と唇が尖《とが》ってしまう。

いくら王家から詫《わ》び金としてかなりの額を内密に渡されたとはいえ、それだけでストレリチアス家の家計が立て直せるわけがない。食い扶持《ぶち》も増えてしまったことだし、だからこそ自分が今日も今日とて畑を耕しているのだというのに、この使用人ときたら本当に役に立たない。

ちょっと、とさらに文句を連ねようとしたマリオンに向かって、リヒトの手が伸ばされる。

え、と銀灰色《ぎんかいしょく》の瞳を瞬《またた》かせた次の瞬間、マリオンの身体《からだ》は宙に浮いた。

思わずくわを取り落としたマリオンの身体はそのまま空中を泳ぎ、ぼふっとリヒトの上に落とされる。

「え、あ……っ⁉」

リヒトの上に、彼と向かい合うようにして寝そべる羽目になってしまい、マリオンの顔が真っ赤になる。

リヒト、と、焦《あせ》りと気恥ずかしさで震える声で彼の名を呼ぶと、彼はとんでもなく甘くとろけるような笑みを浮かべてみせた。

「一緒に眠りましょう。なに、少しくらい、いいじゃありませんか」

「で、でも」

「聞こえません。おやすみなさい」

「ちょっと⁉」

　腰と背にそれぞれ腕が回されて、そのままぎゅうと抱き締められる。身をよじることもできずに、リヒトの胸に顔を押し付ける羽目になってしまった。

　どうしよう。動けない。こんなところを誰かに見られでもしたらどんな言い訳を……いや、その必要はないのか。だって彼は、自分にとっては、この胸に満ちる想いを捧《ささ》げたい人で。そして、リヒトにとっても、自分は、きっと。いいや、絶対に。

　そう思ったら、なんだかとても安心してしまって。自分の鼓動の音があまりにもうるさかったけれど、火照《ほて》る頬を撫《な》でていく初夏の風が心地よく、マリオンは自然と目を閉じた。

　願わくば、ずっと、こんな日常が続きますように。

　そうして災厄令嬢マリオン・ストレリチアスは、彼女にとっての『金色の王子様』の胸に抱かれ、幸福に満ちた夢へと旅立った。

＊＊＊

かつてリチェルカーレという名前だった《強欲》の魔法使いたるリヒトは、閉じていたまぶたを持ち上げた。自身の胸の上で、自分と抱き合うようにうつぶせになっているマリオンの顔をじっと見つめる。

健《すこ》やかな寝息が聞こえてくる。彼女の愛用するオリハルコンのパラソルに収められた美しい刃の輝きにも似た銀灰色の瞳は、今はまぶたの下に隠され、うかがい知ることはできない。

マリオンが確かに熟睡していることを確認してから、改めてリヒトは彼女のことをぎゅうと抱き締めた。自分も自分もと、すり、と、身を寄せてくる子狐《こぎつね》に小さく笑ってから、もう一度マリオンの寝顔をとくと眺める。

まさかよりにもよってストレリチアス家の——《寛容》の聖爵家の娘と、こんな風に穏やかな時を過ごすことになるなんて、かつての自分は想像したこともなかった。

すべてを奪ってやるつもりで近付いたのに、すべてを奪われていたのは、自分の方だった。それを心地よいとすら思っている自分が、どうにも不思議で、そしてそれでいてやはり悪くないと思えてならない。

片腕をマリオンの腰に回し、もう一方の手で彼女の癖の強い髪をもてあそぶ。くつりと思わず喉が鳴った。

「——なにニヤニヤしてんのよ」

「お邪魔しましてよ」

マリオンの長い鈍色《にびいろ》の髪に指を絡《から》めて遊ぶリヒトの元に、愛らしい美少女の声と、色気たっぷりの美女の声が届く。そちらを面倒臭そうに見遣《みや》れば、そこには《嫉妬《しっと》》の魔法使いたるカプリツィアと、《色欲》の魔法使いたるアーリエが佇《たたず》んでいた。

彼女達こそ、先達《せんだつ》て増えたばかりのストレリチアス家の新たなる食い扶持である。マリオンに言わせればタダ飯食らいだ。現在は廃太子となったアレクセイと、修道院送りとなったファラをそそのかしてマリオンとシラノを排そうとした彼女達は、ストレリチアス領にて保護観察処分とされたのである。

本来であれば死罪を免《まぬが》れなかったはずだろう。だが、封印された状態の《罪源》は、ほぼ不老不死だ。どうすることもできずに行き場をもてあました王家は、二人を、いざ何かあったときに対処できるマリオンとシラノ、そしてリヒトが住まう、現在唯一の聖爵家であるストレリチアス領に……まあはっきり言ってしまえば、〝押し付けた〟のである。

渋るリヒトをよそに、マリオンとシラノは思いの外あっさりと二人のことを受け入れてしまった。《寛容》にもほどがあると、リヒトはこっそり頭を抱えたものである。

「随分と気持ちよさそうに寝ていらっしゃること」

「やぁね、落書きでもしてやろうかしら」

「俺のおひぃさまに手ェ出したら今度こそぶっ殺すぞ」

「あらあら怖い怖い」

「あのクソガキが丸くなったもんねぇ」

　ふふふふふ、くすくすくす。マリオンとシラノに受け入れられているのをいいことに、リヒトに小賢《こざか》しくも盾突《たてつ》いてくるアーリエとカプリツィアを睨《にら》み付けると、彼女達はにやにやと笑い、それから退屈そうにあくびをして邸内へと戻っていった。

　ストレリチアス領における、穏やかすぎるド田舎《いなか》暮らしのせいか、二人は完全に平和ボケしている。やる気の欠片《かけら》もない。まあ殺そうとした相手に笑顔で「今日のおやつは豪勢に干し芋のあぶりよ！」だなんて貧相な芋の欠片を提供されたら誰でもそうなるのかもしれない。リヒトもそうだったたからよく解《わか》る。

　――一つ、予感がある。確信めいた予感だ。

　いずれカプリツィアとアーリエの封印もまた、解かれることになるだろうと。きっと彼女達もシラノに、そしてマリオンに陥落《かんらく》するに違いない。そして否が応でも改心せずにはいられなくなるのだ。だって相手は、マリオンとシラノなのだから。カプリツィアもアーリエも、二人に好かれたくてたまらなくなるだろう。既《すで》にそのきざしは見え始めている。どうせあと少しだ。

　そう思うと愉快になってきて、くつくつとリヒトは喉を鳴らす。その振動が伝わったのか、胸の上のマリオンがわずかに身動《みじろ》いだ。その身体を改めて抱き直し、リヒトはまた笑う。

「愛していますよ。僕のお姫様」

ぴくりとマリオンの身体がまた震えた。よくよく見てみれば、彼女の顔は、耳まで真っ赤になっている。なるほど、狸寝入り《たぬきねい》り。《狐》であった自分を前にして狸の真似事とは恐れ入る。くつくつと喉を鳴らして笑ったリヒトは、そうして、少し頭を持ち上げて、そっとマリオンのつむじに口付けを落とした。

「～～～リヒトッ！」

とうとう耐え切れなくなったらしく、がばっとリヒトの上で身を起こすマリオンの身体を、器用にハンモックの上で反転させて、そのまま今度はリヒトが上になる。同時にウカがハンモックから落ちてしまい、きゅうきゅうと抗議の声を上げた。

結果として、それこそ押し倒されるような状態になってしまったことに、マリオンはますます顔を真っ赤にさせ、もはや言葉もなく、恥ずかしさのあまり涙目になっている。そんな顔をす他ならぬ自分に見せてくれることが嬉《うれ》しくて、リヒトは笑った。ぞっとするほどに蠱惑《こわく》的な笑みに、びくっと身体をまた震わせる少女の頬に、そっと手をあてがう。

「ヘタレという言葉を、今返上しますね」

「あ、あなた、まだそれ根に持って……んむぅっ!?」

深く、深く、貪《むさぼ》るように口付ける。すべてを奪われたならば、今度はその奪われた自分ごと、この少女を奪ってみせる。マリオン自身はとうに自らのすべてはリヒトのものだと言ってくれたけれど、まだだ。ちっとも足りやしない。もっともっとと求めたくなる。どこまでいっても自分は《強欲》なのだから。

「り、りひと……」

ようやく唇を解放すると、その薄く開いた唇から、マリオンらしからぬ力ない言葉が漏《も》れる。とりあえず今日のところは、ここまでにしておいてやろう。なに、焦ることはない。時間はまだまだたっぷりあるのだから。

そうしてリヒトは、またマリオンの身体を抱き締めて、今度こそハンモックに身を預けた。マリオンは慌《あわ》てて逃れようとしたけれど、こちらが解放する気がないことに早々に気付いたのか、諦《あきら》めたように大人《おとな》しく身を寄せてくる。

うるさい鼓動の音ははたしてどちらのものだろう。その鼓動に被《かぶ》さるようにして、また寝息が聞こえてきた。リヒトが恋した銀灰色の瞳を伏せて、薄く呼吸を繰り返すマリオンの頬を撫で、リヒトはそっと目を閉じた。

これから見る夢はきっと、マリオンが見る夢と、同じであるに違いない。

あとがき

もしかしたらはじめまして、改めましてこんにちは。中村朱里です。このたびは『災厄令嬢の不条理な事情　婚約者に私以外のお相手がいると聞いてしまったのですが！』をお手に取ってくださり、誠にありがとうございます。

今回、文庫の書き下ろしを、というお話をありがたくも頂戴したとき、「まさかまたこのようなご機会を頂けるとは……」と大層驚かせていただきました。またこうして文庫という形で著作を世に送り出せる運びとなりましたことにつきまして、改めて各方面に御礼申し上げます。

それでは、ネタバレ込みで、当作品にまつわるあれそれについて触れさせていただきたく存じます。

転んでもただでは起きられない主人公、マリオン・ストレリチアス。作中でも『七転び八起きではなく七転八倒』と評された彼女は、単純なように見えて実に複雑怪奇な心の持ち主となりました。それは彼女自身にとっても、ヒーローにとっても、作者である私にとってもです。もう少し器用に生きることができるポテンシャルがあるはずなのですが、そうはいかないからこそ彼女なのでしょう。がんばれ、と応援していただけるようなヒロインになれていましたら、個人的にとても嬉しいです。

そんなマリオンを側で支えるヒーロー、リヒト。彼もまた、もっとうまく生きようと思えばマリオン以上によっぽど楽に生きていける青年なのですが、彼女と出会ったのが運の尽き。マリオンとは別の意味で応援してあげてほしいヒーローです。

今回のもふもふにしてＭＶＰは子狐のウカです。もしかしたらリヒト以上にヒーローをしているかわいく凛々しい最高の騎士様を目指しました。

マリオンではありませんが、七転八倒して書き上げた当作品、初稿では予定を大幅に超過しまして、最終的に約七十ページほど削ることになったときには頭を抱えました。無事に一冊の本という形になってくれて、心からほっとしております。

当作品のイラストを担当してくださった鳥飼やすゆき先生におかれましては、登場人物達を大変魅力的に生き生きと描いてくださいましたこと、心より御礼申し上げます。また、当作品のためにご尽力いただいたすべての皆様、そして、手に取ってくださった読者様に、改めまして、心からの感謝を込めて。

『災厄令嬢の不条理な事情』が、どうか読んでくださった方の日々の、その彩りの一つとなれますように。

二〇二一年七月某日　中村朱里

災厄令嬢《さいやくれいじょう》の不条理《ふじょうり》な事情《じじょう》

婚約者《こんやくしゃ》に私《わたし》以外《いがい》のお相手《あいて》がいると聞《き》いてしまったのですが！

2021年９月１日　初版発行

著　者■中村朱里

発行者■野内雅宏

発行所■株式会社一迅社
〒160-0022
東京都新宿区新宿3-1-13
京王新宿追分ビル5F
電話03-5312-7432（編集）
電話03-5312-6150（販売）

発売元：株式会社講談社
（講談社・一迅社）

印刷所・製本■大日本印刷株式会社

ＤＴＰ■株式会社三協美術

装　幀■今村奈緒美

落丁・乱丁本は株式会社一迅社販売部までお送りください。送料小社負担にてお取替えいたします。定価はカバーに表示してあります。
本書のコピー、スキャン、デジタル化などの無断複製は、著作権法上の例外を除き禁じられています。本書を代行業者などの第三者に依頼してスキャンやデジタル化をすることは、個人や家庭内の利用に限るものであっても著作権法上認められておりません。

ISBN978-4-7580-9389-7
©中村朱里／一迅社2021　Printed in JAPAN

●この作品はフィクションです。実際の人物・団体・事件などには関係ありません。

この本を読んでのご意見
ご感想などをお寄せください。

おたよりの宛て先

〒160-0022
東京都新宿区新宿3-1-13
京王新宿追分ビル5F
株式会社一迅社　ノベル編集部
中村朱里《なかむらしゅり》 先生・鳥飼《とりかい》やすゆき 先生

IRIS ICHIJINSHA

第10回 New-Generation アイリス少女小説大賞

作品募集のお知らせ

一迅社文庫アイリスは、10代中心の少女に向けたエンターテインメント作品を募集します。ファンタジー、時代風小説、ミステリーなど、皆様からの新しい感性と意欲に溢れた作品をお待ちしております！

金賞 賞金100万円 ＋受賞作刊行

銀賞 賞金20万円 ＋受賞作刊行

銅賞 賞金5万円 ＋担当編集付き

応募資格 年齢・性別・プロアマ不問。作品は未発表のものに限ります。

選考 プロの作家と一迅社アイリス編集部が作品を審査します。

応募規定 ●A4用紙タテ組の42字×34行の書式で、70枚以上115枚以内（400字詰原稿用紙換算で、250枚以上400枚以内）
●応募の際には原稿用紙のほか、必ず ①作品タイトル ②作品ジャンル（ファンタジー、時代風小説など）③作品テーマ ④郵便番号・住所 ⑤氏名 ⑥ペンネーム ⑦電話番号 ⑧年齢 ⑨職業（学年）⑩作歴（投稿歴・受賞歴）⑪メールアドレス（所持している方に限り）⑫あらすじ（800文字程度）を明記した別紙を同封してください。
※あらすじは、登場人物や作品の内容がネタバレも含めて最後までわかるように書いてください。
※作品タイトル、氏名、ペンネームには、必ずふりがなを付けてください。

権利他 金賞・銀賞作品は一迅社より刊行します。その作品の出版権・上映権・映像権などの諸権利はすべて一迅社に帰属し、出版に際しては当社規定の印税、または原稿使用料をお支払いします。

締め切り 2021年8月31日（当日消印有効）

原稿送付宛先 〒160-0022 東京都新宿区新宿3-1-13 京王新宿追分ビル5F
株式会社一迅社 ノベル編集部「第10回New-Generationアイリス少女小説大賞」係

※応募原稿は返却致しません。必要な原稿データは必ずご自身でバックアップ・コピーを取ってからご応募ください。※他社との二重応募は不可とします。※選考に関する問い合わせ・質問には一切応じかねます。※受賞作品については、小社発行物・媒体にて発表致します。※応募の際に頂いた名前や住所などの個人情報は、この募集に関する用途以外では使用致しません。